まるせい
ill チワワ丸
JN019606
生贄になった俺が、
なぜか邪神を
滅ぼしてしまった件
1
モンスター文庫

「どうして？　湯浴みするときは裸に決まっているじゃない？」
セレナ

「非常に言い辛いんだが、服が水で透けている」
「きゃあああああっ！」
アリス

「い、生きていた……。ほ、本当にエルト……なの？」
「ああ、俺だよ。久しぶりだなアリシア」
エルト

アリシア

「い、いじめる？　です？」
マリー

生贄になった俺が、なぜか邪神を滅ぼしてしまった件①

まるせい

CONTENTS

プロローグ

『くっくっく。この時を待ちわびたぞ……』

目の前には高そうなマントと宝石のついた王冠。魔石のついた杖を身に着けた骸骨がいる。

背中には十字架を背負っており、非常に動き辛そうだ。

『貴様が今年の生贄(いけにえ)か』

骸骨の目が赤く光り、俺を見据える。

「はい邪神様。俺が今年選ばれた生贄です」

すでに諦めの境地にいる俺は、そう答えた。

『さて、今回の生贄はいったいどのような能力を持っているのか？』

邪神は楽しそうな声をだすと、じっくりと俺を観察した。邪神は食事によって、その者の能力を吸収すると言い伝えられている。

『むっ……？』

邪神の目つきが鋭く——実際の目はないので、この場合は眼が輝いた。

『貴様……本当に今年選ばれた生贄か？』

その言葉にドキリとする。実は今年生贄に選ばれたのは、俺ではなく幼馴染みのアリシアだった。彼女はイルクーツ王国で一番の治癒魔法の使い手なのだ。

『貴様からは優秀な人間が持つ気配を一切感じぬぞ！』

俺は目の前に画面を表示した。

これは【ステータス】といってこの世界の誰でも使うことができ、自分の状態と強さを知ることができる魔法だ。

名　前：エルト
称　号：町人
レベル：1
体　力：5
魔　力：5
筋　力：5
敏捷(びんしょう)度：5
防御力：5
スキル：農業Lv2
ユニークスキル：ストック

『なんだこのゴミみたいな数値は。貴様ふざけているのかっ⁉』

俺の数字を見た邪神様。先程までの機嫌は消し飛び怒りをあらわにしている。

「いたって真面目です。ユニークスキルもありますから」

このユニークスキルというのは、普通の人間が持てないレアなスキルのことだ。アリシアは【万人の癒し手】と彼女の心根にぴったりな癒しの力を持っている。

対して俺の【ストック】はどのような効果か不明だ。何度か使おうとしてみたこともあるのだが、発動条件が良くわからず使えなかった。

『おのれ……人間どもめ。優秀な者を我に捧げるのが惜しくなったのだな？　このようなゴミを送りつけてくるとは……』

邪神から波動が更にほとばしり、飛んできた小石がいくつか俺の身体へと当たる。俺は痛みに顔を歪めると、邪神に殺意を向けられた。

俺は邪神の怒りを一身に受けながら、こうなった経緯を思い出していた。

一章

祭壇では複雑な魔法陣が展開され、血のような赤い光を放っている。

現在、年に一度の生贄の儀式が準備されている。あの赤い魔法陣をぐると邪神の下へと運ばれることになる。その場を見守る人間は皆悲痛な表情で、その魔法陣を見ていた。

ふと、奥から一人の少女が現れた。

禊(みそぎ)を済ませ、ウエディングドレスのような純白のドレスに身を包んでいる。彼女の名はアリシア。俺の幼馴染みだ。

これから邪神に捧げられることになるので、邪神に気に入られるように着飾っているのだ。

前日に俺が訪ねた時、彼女は俺の胸の中で「死にたくないよ」と涙をこぼした。だがそんなわけにもいかない。「自分が逃げたら誰かが犠牲になる」とでも考えているのだろう。彼女は涙を拭うと「ごめんね、もう大丈夫だから」と俺に言った。

これから邪神に捧げられるはずの彼女と目が合った。彼女は笑った。

まるで、これからピクニックに行くかのような笑顔で俺を見たのだ。

その瞬間、俺の決意は固まった。

彼女の犠牲を嘆く人間は大勢いる。彼女の治癒魔法で助けられた人間は多いからだ。

気が付くと、自然と身体が動き出していた。

「えっ！　エルト！」

驚くアリシアの声が聞こえる。

俺は警備の人間の隙をついて魔法陣へと突進した。この魔法陣を発動させることで生贄を邪神の下へと送ることができると知っていたからだ。

転移の魔法陣に乗ると、視界が急激に切り替わるのだった。


そんなわけで現在に至るのだが……。

『我の楽しみをこんなゴミで済ませるわけにはいかぬ。こうなったら我自ら降臨して人間を殺して回ってくれる』

「くっ！」

邪神の怒りが伝わってくる。鳥肌が立ち、頬に汗がつたう。足が震え、力が入らず倒れてしまいそうになる。

『見ているだけでも不愉快だ。消し去ってくれるっ！』

巨大な魔石が嵌めこまれた綺麗な杖が俺に向けられた。

『イビルビーム』

杖の先から黒い波動が進んでくる。視界に広がるそれをみて俺は死を覚悟した。だが……。

「えっ？」

迫りくる死の恐怖が弾けた時、俺の頭の中で何かが反応した。


【ストック】


俺はその感覚に従うと、迫りくる波動へと意識を向ける。すると……。

『なんだとっ⁉』

目の前からイビルビームが消失していた。

『き、貴様。いったい何をしたのだ？』

「えっ？」

ここにきて邪神が初めて警戒心を見せる。

『我のイビルビームは最強のスキルだぞ。たとえ古代竜であろうと不死鳥であろうと、神でさえくらえば滅びるのだぞ』

そう言われても、俺にも状況が良くわかっていないのだ。

『たとえまぐれで避けたとしても、これだけ放てば躱せまい』

邪神はそう言うと杖を振り、虚空から無数のビームが現れた。その一本が恐ろしい威力を秘めているようだ。俺は死への恐怖で身体が動かなかった。

『死ねえええええっ！！！』

邪神の言葉とともに、無数のビームが俺へと殺到する。当たれば俺の身体など一瞬ももたないだろう。だが……。

『なっ！　ありえぬっ！』

俺が念じると、完全に避ける隙間すらなかったそれが消滅した。

俺は何となくステータスを確認する。

名　前：エルト
称　号：町人
レベル：1
体　力：5
魔　力：5
筋　力：5
敏捷度：5
防御力：5
スキル：農業Lv2
ユニークスキル：ストック

【ストック】
・イビルビーム×９９９９

いつの間にかステータスに【ストック】が追加されており、項目には邪神が放った【イビルビーム】の文字があった。

『おのれおのれっ！　こうなったら直接貴様を引き裂いてくれるっ‼』

邪神は杖を投げ捨てると俺に向かってきた。

不思議とイメージが流れ込んでくる。先程無意識に身体が動いたように、この先どうすればよいのかがわかった。

『その脆弱な身体を引き裂いて内臓を引きずりだしてやる。そしてそのまま貴様の首を手土産にイルクーツに降臨し、二度とこのような舐めた真似をできないようにしてくれるわっ！』

まもなく邪神の手が俺に触れようかという時、俺は本能が命ずるままに手を邪神に向かって突き出すと、

「【イビルビーム】」

その言葉を口にした。

『な、なんだとおおおおーーーーー‼』

　黒い波動が手の先から解き放たれ、邪神を直撃する。

『ば、ばか……な……。我の最強スキルを……貴様が……使う……だ……と？』

　信じられないものを見るかのように、驚愕の表情を浮かべた邪神。

『あり……え………』

　音を立てて地面へと倒れた。

　それからしばらくして近寄ってみる。すると骨は灰になり風に運ばれて散っていく。最後に残されたのは王冠とマントに杖。そのほか邪神が身に着けていた装飾品の数々だった。

「も、もしかして邪神が滅びたのか？」

　声が震える。確かに邪神は自分の攻撃で神さえ滅ぼせると言ってはいたが…………。

「俺は……助かったのか？」

　ポツリと呟くと、思考があとから追い付いてくる。

「ははは、こんなことってあるんだな」

　自然と笑いが込み上げてきた。

　現在、俺の目の前にはステータスが表示されている。

「まさか、俺のユニークスキルにこんな効果があるとは……」

　これまでは、ただ存在しているだけで効果を発揮したことがなかった。もし発動条件が死の直前に追い込まれることだとするなら、これ以上ない最高のタイミングで目覚めたということになる。

今ならスキルの使い方が頭に刻み込まれている。

俺のユニークスキルである【ストック】とはスキルを溜めることができる能力だったのだ。

「今のでレベルが上がったみたいだな……」

俺は信じられないものを見るように、ステータス画面に釘付けになる。

名　前：エルト
称　号：町人・神殺し
レベル：774
体　力：1551
魔　力：1551
筋　力：1551
敏捷度：1551
防御力：1551
スキル：農業Lv10
ユニークスキル：ストック

【ストック】
・イビルビーム×9998

さすがは邪神だけある。ステータスがとんでもないことになっていた。

先程まで、俺は人よりも弱い能力値しか持っていなかった。だが今は違う。

邪神を倒したことでレベルが上がっており、最強ともいえる強さになっていた。

「……えっと、とりあえずアイテムを拾うか」

俺は我を取り戻すと邪神のマントや杖、その他、魔法が掛かっている装飾品を回収していく。

「それにしても、さすがにこの量を運ぶことはできないな」

邪神はかなりの装飾品を身に着けていたらしく、身に着けて運ぶにしては動き辛いし、持って運ぶのは厳しい。

「これ、もしかしてストックできたりしないか？」

先程邪神の攻撃をストックした要領で念じてみると……。

「おおっ！　持っていたアイテムが消えた」

邪神の装備が消えてしまった。

ステータスを見てみると、きちんと項目ができておりストックされている。

「全部ストックに溜められるなら、どれだけあっても運び出せるな」

　ふと奥を見ると部屋があり、そこには見たことのないような財宝が無造作に積まれていた。きっとこれまでに生贄になった人が身に着けていた物や装飾品なのだろう。イビルビームで邪神を返り討ちにしなければ、俺もこうなっていたに違いない。

　俺はそれらのアイテムもストックしていく。

「これは、凄そうな剣だな」

　豪華な台座に突き刺さっている綺麗な剣を発見した。片刃の片手剣で、他の装備品や宝石類が無造作に転がされているのに、これだけは飾られている。おそらく相当価値のある剣なのだろう。

「硬い。まったく抜けそうにないな……」

　まるで台座と一体化しているかのように動かない。

「よし。それなら……」

　俺は先程までと同様に念じる。すると目の前から剣が消えた。

「やはりこのストックは凄いな。邪神のスキルもストックできただけではなく、刺さっていた剣も回収できるとは」

　俺はステータス画面を開いて確認する。

「神剣……ボルムンク？　す、凄みを持っていると思ったが……まさか神の名を冠した剣だと⁉」

ストックしたお蔭で固有名がはっきりした。ストックしたアイテムの名前がわかるのは何気に便利な気がする。

それから数十分かけて部屋に散らばるすべての宝物を俺は収納した。

「さて、戻って皆に邪神が死んだと伝えるか」

来る時に使った魔法陣に飛び乗る。長きに亘(わた)って邪神に苦しめられてきた人たちは喜ぶだろう。

俺が魔法陣に突入していく瞬間の悲しそうな幼馴染みの顔が思い浮かぶ。はやく無事を知らせて安心させたい。きっと怒られることになるだろうが…………。

俺は口の端を緩めて転移を待つのだが……。

「……動かないな」

どうやらこの魔法陣は一方通行のようだった。

「さて、どうしようか」

動かない転移魔法陣を見下ろしながら俺は考える。

転移魔法陣が動かないということは俺は故郷に帰ることができないということ。つまり、邪神が滅んだことを知らせることもできないのだ。

「とりあえず、ここから出るしかないか？」

邪神がいた祭壇側には財宝が置かれている部屋があった。だが逆側には別の部屋へと繋がる扉が見える。

「ここにいても仕方ないから行くか」

何せ、俺は邪神の生贄になりにきたのだ。食べ物の一つも持っていない。このままここでじっとしていたら飢え死にしてしまう。

俺は財宝が置かれていた部屋にあった身軽な防具と、神剣ボルムンクを右手に持つと警戒しながら扉を開けた。

「それにしても、長い通路だけど誰とも出くわさないな」

悪名高い邪神の城だ。てっきり何か恐ろしいモンスターでもいるのかと思っていたのだが、生き物の気配が全くない。

「食糧はどこまで行っても見当たらないし」

邪神は食事を摂らなかったのだろうか。かなりの数の部屋を確認したが、パン屑一つも見当たらない。中には鍵がかかっているのか扉が開かない部屋もあったのだが、鍵がなかったので開けるのをあきらめた。

「さて、次の部屋は……」

食糧は見当たらなかったが、ここに来るまでの間に色々な宝物を回収している。邪神は魔導具コレクターなのか、強力な武器や防具が大量に見つかった。

「そろそろパンの一つでも出てこないかな……」

だが、今欲しいのは食糧だ。売れば一生安泰な高レア装備も無事に持ち帰らなければ意味がない。俺は期待をしつつ次の部屋に入ってみると……。

「なんだ？　魔法陣？」

白く光る魔法陣がある部屋だった。

優しい光とともに暖かい何かを感じる。

「転移の魔法陣ではなさそうだが……。なにやら心地よい気配を感じるな」

俺は吸い込まれるように、その魔法陣に乗ってみる。

「なんだこれっ！　疲れがなくなっていく。それに身体中を暖かいものが流れて気持ちいいぞ！」

俺が乗ると魔法陣の輝きが増した。そして歩き回った疲れから精神的な疲労までを完全にリフレッシュしてくれた。更に、邪神と対峙した時につけられた傷も治っている。

「もしかして完全回復の魔法陣？」

小説にでてくる【伝説のダンジョン】と言われた場所の最深部にはすべてのダメージを回復させる魔法陣が存在するという。

体力や魔力を完全に回復する効果があり、物語ではボスに挑む前の勇者パーティーがこの魔法陣で完全回復をさせていた。

今しがた俺が体験したのは、その完全回復魔法陣と同じ効果だった。

滅入っていた気分も良くなったし、空腹も消えている。

「これならまだ頑張れそうだぞ」

ここには魔法陣以外にはなにもないようだ。俺は次の部屋に向かおうとするのだが……。

「まてよ?」

俺は振り返り、魔法陣を見つめる。

「こうしたらどうなるかな?」

再び魔法陣に立つ。そして魔法陣が輝く瞬間——。


「【ストック】」


——その回復力をストックしてみた。

「おおっ！　やっぱり溜めることができたな」

体力も魔力も、怪我さえも治す魔法の光。これがあれば、この先怪我をしても大丈夫だろう。

魔法陣からは相変わらず光が溢れている。俺は何度かストックを試みる。するとステータス画面の魔法のストック数が増えた。

「とりあえず溜められるだけ溜めておくか」

俺はしばらくの間、ここで完全回復の魔法をストックしていくことにした。

「このくらいあればいいか」

乗っていればずっと魔法陣が発動するので、俺は半ば作業のような感覚で完全回復を溜め続けた。

ステータス画面の【ストック】の項目を見る。

・パーフェクトヒール×９９９９

「どうやら、これ以上は溜まらないようだな」

時間にして数日ほどだろうか？　夢中で溜め続けた結果数字が増えなくなった。どうやらストックできる上限に達したようだった。

「おっ、ここは涼しいな……」

木のドアを開けて中に入ると、そこは薄暗く涼しかった。

「なんかワイン臭い？」

中に入って行くと大量のワインが見つかった。

「ふーん、ラベルは……『ディアボロス』『バハムート』『リヴァイアサン』、聞いたことがないワインだな？」

もともとワインなんて祭りの時しか飲めない。飲めたとしても樽買いした三級品なのだ。ここにあるのは光を通さない瓶で一本ずつ丁寧に横たわっている。まず間違いなく高級品なのだろうが…………。

「酔うにしても、ここを出てからにしないとな」

俺は次々にワインをストックしていく。

・ディアボロスワイン×５００（超高級酒）
・バハムートワイン×５００（超高級酒）
・リヴァイアサンワイン×５００（超高級酒）

「よし、とりあえずここも回収したから次に行くか」

ストックの画面を見ると、ここまでに回収してきた様々なアイテムでいっぱいだ。

「これだけあって食べ物が一個もないのはきついけど……」

俺は食糧を手に入れたら、大量にストックしておこうと考えるのだった。

「おっ？　あれは？」

何度か階段を降りると広いフロアに到着した。

天井にはシャンデリアが飾られており、床にはレッドカーペットが敷かれている。

舞踏会にでも使いそうなフロアだ。そしてその奥にこれまでよりも大きな扉があった。

「これはもしかすると……」

俺は期待を込めると扉を押した。

「や、やっと外に出られた」

感動の声を抑えることができなかった。パーフェクトヒールで疲労をなくすことはできたのだが、一生出られないのではないかという不安は消せなかったのだ。

眩しい太陽の光が照らす。実に数日ぶりに陽を浴びた。

外に出て少し離れてから振り返ると、

「なるほど、でかい城だな。ここが邪神の住み家だったのか」

イルクーツ王国の城など比べ物にならないほど巨大で、天に届くのではないかというぐらい高い。

建物には窓があるのだが、俺が外に出るまでの間に窓がある部屋が見当たらなかったことから、途中で鍵がかかっていて入れなかった部屋へと繋がっていたのだろう。

「どうりで移動に時間がかかるわけだ」

おそらく中央に高くそびえ建つ建物の最上階にある部屋が邪神のいた場所なのだろう。そこからは他の建物へと繋がるように通路が延びており、俺はそのうちの一つの建物から脱出したようだった。

城から目を離して周囲を見渡す。城の周囲には高い壁があり、侵入者を寄せ付けないようにその存在を主張していた。

「あそこから出られるか？」

目を凝らすと、一部壁ではない場所があった。金属で作られたそこは出入りを目的とする門なのだろう。いずれにせよ出ることができそうだ。

俺は脱出するつもりで、そちらに向かおうとしたのだが……。

「あそこの木に生(な)っているのって……」

鉄柵に向かう道の途中にたくさんの木が並んでいる。そしてその木には実が生っていた。

「もしかして⁉　た、食べ物かっ！！」

長らく食事をしていなかった俺は慌てて木へと近づいた。

「これは、果実だな？」

そこには金や銀に虹・赤や青や黄や緑など様々な色をした果実が生っていた。

普通なら怪しい果実を口にするのはありえない。山などでも美味しそうな見た目をしているが、食べると毒だったりするのだ。

俺は街で農業の仕事をしていたので、どの果実が食べられるかある程度は判断することができる。

だが、このような色の果実は見たことがないのでどうしようか悩んでいると……。

「うん？　毒がないのは間違いなさそうだな」

木に生った果実を眺めていると知識が流れ込んできた。

どうやら邪神を討伐した際に上がった【農業】スキルのお蔭らしい。職業スキルはLv5で熟練者となり、9あたりになると百年に一人の天才、10に至っては聞いたことがない。

俺の農業スキルは現在Lv10なので、スキルの効果がこれを食べられるとはっきり教えてくれていた。

「とりあえず食べてみるか」

スキルの効果を信じた俺は、金の果実の木に登ると一つもぎ取って噛り付いた。

「う、美味すぎる。こんなに美味い果実、初めて食べた」

噛みしめると果実の甘さが口いっぱいに広がる。瑞々しいので、これまで飲まず食わずだった喉が潤った。

久しぶりの食事ということを差し引いても、この果実は美味しかった。

「そうだ、ストックしておくか」

食べるのに夢中になってしまったが、これだけ美味しい果実なら溜めておきたい。

俺は食べながらも果実をストックしていくと説明を確認した。

・金の果実×1（食べるとすべてのステータスが10増える）

「うん？　何やらおかしな効果が見えるな。他も調べてみるか……」

俺は他の木に登っては果実を採りストックしていく。

・銀の果実×1（食べると魔力が10増える）
・赤の果実×1（食べると体力が10増える）
・青の果実×1（食べると敏捷度が10増える）
・黄の果実×1（食べると筋力が10増える）
・緑の果実×1（食べると防御力が10増える）

「もしかするとステータスアップの実？」

ダンジョンの宝箱からごくまれに果実がドロップされることがあると聞いたことがある。それを食べると自分のステータスが上昇するらしい。

滅多に手に入らないので見たことがなかったが、この説明をみると間違いなさそうだ。

少し意識をしてみると、先程よりも力が溢れてくる感覚があった。どうやらステータスがアップしているのは気のせいではないらしい。

「とりあえず採れるだけ採っていくか」

食糧はいくらあっても困るものではない。かなりの数の木があるが採っておくべきだろう。

「そういえば虹の実がまだだっけ？」

唯一残っていた虹の実を改めてストックする。

・虹の実×１（食べると魅力が１００増える）

「魅力？　そんなステータス見たことがないな。とりあえず食べてみるか」

食べてみたところ、金の実よりも更に美味しかった。

「さてどうなったか」

俺はステータス画面を開く。

名　前：エルト
称　号：町人・神殺し
レベル：７７４

体　力：１５６１
魔　力：１５６１
筋　力：１５６１
敏捷度：１５６１
防御力：１５６１
魅　力：１１０　Ｎｅｗ！
スキル：農業Ｌｖ10
ユニークスキル：ストック
【ストック】
・イビルビーム×９９９８
・パーフェクトヒール×９９９９

「本当に増えてるな……」

魅力なんてステータスは聞いたことがない。だが、増えて困るものでもないだろう。

俺はそう考えると割り切り、それぞれの実を集めに行くのだった。

「とりあえず、これで収穫完了だな」

木に登って採っていたので結構な時間が掛かった。だがその成果はあっただろう。

・金の果実×７８９（食べるとすべてのステータスが10増える）
・銀の果実×１１０４（食べると魔力が10増える）
・赤の果実×２４００（食べると体力が10増える）
・青の果実×２３９７（食べると敏捷度が10増える）
・黄の果実×２４０５（食べると筋力が10増える）
・緑の果実×３００２（食べると防御力が10増える）
・虹の果実×１０８（食べると魅力が１００増える）

食べる物を確保した俺は、外に出ることにするのだった。


「さて、ようやくイルクーツに帰れるな」

アリシアの代わりに魔法陣に突入した時は生きて戻れると思っていなかった。だが、こうして邪神の城から脱出できたことで徐々に生き延びた実感が湧いてくる。

「とりあえず……この鉄柵、どうやったら開くんだ？」

見たところ鍵穴がない。柵が地面に食い込んでいるところをみると、もしかすると何かをいじれば上がるのかもしれないが……。

「とりあえず、ここから出るのは諦めるか」

俺は鉄柵からいったん離れると、鉄柵の横の壁に木箱を積み重ねてよじ登った。

「無理して他の出口を探すぐらいならこの方が早いしな」

ステータスが上昇しているので五メートルはありそうだが、飛び降りられそうだ。壁の反対側から降りようとするのだが……。

「なんだこれ？」

何かに阻まれて前に進めない。触れてみると硬い感触がした。どうやら見えない壁が存在しているようだ。

「とりあえず神剣ボルムンクで斬ってみるか」

剣を取り出し鞘から抜き放つ。俺はそれを大きく構えると全力で振り下ろした。

――ギイーーーーーーーーーーンッ――

金属がぶつかり合う音がする。

「かたっ⁉」

手に衝撃が伝わってきて痺れる。どうやらこの不可視の壁は神剣でさえ破れない硬さをもっているようだ。

「もしかして邪神が死んでも、この不可視の壁は永久稼働しているとか？」

どうやら邪神さんの家のセキュリティは万全のようだ。手持ちの中でもっとも攻撃力が高い剣で駄目なら何で叩いても同じだろう。

壁の上で俺はアゴに手を当てて考える。衝撃があるということは実体があるということ。問題はその硬さなのだ。それをどうにかすれば……。

「そうか、これならいけるか！」

思いついたら行動あるのみ。俺は、ストックしてあったイビルビームを発動する。これまでと違って狙いを視界の左端に絞って打ち出す。

すると不可視の壁にぶつかり『ジュバッ』と音がした。

どうやら無事に不可視の壁を貫いたようで、そのままイビルビームを動かして人が通れるように穴を広げていく。

それにしても、神剣でも斬れなかった壁を一瞬で壊すとは、イビルビームの威力は凄まじいものがある。

後ろを振り返ると不可視の壁を叩いてみる。無事にあちら側へと出られた。

「ん？」

目の前に何やら歪みのようなものが見える。ちょうどイビルビームを当てたあたりだ。

「なるほど、自動で修復するのか」

放っておけば入り口としてまた使えるのではないかと思ったのだが、再び入るにはイビルビームを一つ失う必要があるらしい。

そのうちまた来ることもあるかもしれないが、その時はその時。

こうして俺は邪神の城をあとにするのだった。


「とりあえず、ここがどこなのか知ることが重要だな」

邪神の城の門から続く森の中を歩く。城をでてから数時間ひたすら真っすぐ進んできた。

「村でもあれば誰かに聞くことができるんだけどな………」

だが、どれだけ歩いても人の気配がない。人間が足を踏み入れている場所なら、それなりに道ができているはずなのだが、そのような形跡が一切ない。

邪神が住んでいるような場所に人が住んでいる可能性は薄そうだ。

「こうなったら何でもいいから姿を見せてくれないか！」

先程から小動物すら見当たらない。俺は何でもよいので動くものに会いたいと希望を口にするのだが………。


――ガサガサガサガサガサガサガサガサガサ――

何やら音がした。俺は慌ててそちらへと向かう。そして森を抜けたその先に広間のような場所があり、そこで目にしたのは――。

「AAAAAAAAAAAAAAAAAAAAAAAAAAAAAAAA！！！」

血のように真っ赤な身体に数メートルを超す巨体。額から伸びたツノ。右手に持っている重そうな棍棒。

「……なんでもいいとは言ったけど、こういうのは望んでいないんだが」

俺は目の前のモンスターにゲンナリする。

人から聞いた話の中から、目の前の巨人にもっとも近いのはオーガだろうと見当をつける。

だが、明らかに目の前の巨人はオーガよりも一回りは大きく肌の色も違った。

「AEEEEEEEEEEEEEEEEEEEEEEEEEEEEE！！！」

「何を言っているのかはわからないが見逃す気がないということはわかった」

何せ、オーガは棍棒を振り上げているのだ。俺を叩き潰す気満々なのは間違いない。

「せっかく生贄から生き延びたのに、こんなところで死んでたまるかっ‼」

初めて会う人型モンスターなのだ。本来なら恐怖して動けないところかもしれないが、目の前のモンスターのプレッシャーは邪神に比べれば大したことはない。

今ならまだ距離があるし、動きも鈍そうだ。森に逃げれば振り切れる可能性は高い。そう考えていたのだが……。

「ん。あれは……？」

オーガの後ろに一人の人間が倒れている。

どうやら気絶しているようだが、このまま俺が逃げたらオーガの餌食だ。

「さすがに……見殺しにはできないよな」

少なくともこいつを引き付けて逃がしてやる必要があるだろう。

「仕方ない。相手をしてやる」

俺はそう奮い立たせると神剣を抜き放ち、オーガへと向かっていった。

「こっちにこいっ！」

俺は神剣ボルムンクを振り上げると、目の前の赤裸のオーガを挑発する。

「AAAAAAAAAA？」

だが、赤裸のオーガは倒れている人間を背にして動かない。

これでは切り札のイビルビームを使うことができない。

「くそっ！」

仕方なしに俺から距離を詰める。剣で牽制しながらオーガの注目を集めた。

「AAAAAAAAAAAAAAAAAAAAAAA！！！」

次の瞬間。赤裸のオーガは棍棒を振り回して薙ぎ払ってきた。

「うわっ！」

邪神を討伐してステータスが上がっていたのか、大振りだったこともありなんとか躱すことができた。

だが、まともに戦うのはこれが初めてなので、手に汗がじわりと染みる。俺は剣を握り直すと……。

「暴れるならもう少しこっちにこいっての」

横に移動しつつ攻撃を躱すのだが、相変わらず直線状には倒れている人間がいる。

赤裸のオーガの攻撃パターンを読む。そして棍棒を振り上げたところで…………。

「ここだっ！」

俺は覚悟を決めると一足飛びに懐に入り、剣を横に払った。

「AAAAAAAAAAAAAAAAAAA!?」

だが、飛び込みと目測が甘かったのか、俺の剣は赤裸のオーガの腹部を軽く斬り裂いただけだった。

「こんなことなら、もっと剣術も習っておけばよかった」

何せもともとのステータスが弱く、身体を動かすよりはどちらかというと本などを読んで過ごす時間が多かったので、剣に触れるのはアリシアとのお遊びのみ。

その遊びでもアリシアに脳天に一撃をくらわされ気絶したのだから、俺の剣は完全に素人以下なのだ。だが、今はない物ねだりをしてはいられない。いつ赤裸のオーガが倒れている人間にターゲットを替えるかわからない。

俺はつたないながらも攻撃を繰り出すのだった。

「AAAAAAAAAAAAAAAAAA‼」

「なかなか倒れないな」

息を切らす赤裸のオーガを前に、俺は溜息を吐く。

素人同然の剣術なのだが、やはりステータスのお蔭か相手の攻撃は余裕をもって見切れる。

だが剣の振りが甘いせいか、俺の攻撃は赤裸のオーガの皮膚を軽く斬る程度でいまだに倒すことができないでいた。

「だけど、それももう少しか？」

相手の動きは徐々に鈍ってきているし、俺には回復手段もあるのだ。このままいけば遠からず倒せるだろう。

「う……うーん」

その時、赤裸のオーガの後ろから声が聞こえた。どうやら倒れていた人間が意識を取り戻したらしい。

「あれ？　ここはどこ？」

その人物が起き上がるとフードが外れ、中から綺麗な銀髪が零れ落ちる。青い瞳に尖った耳。幻想的ともいえる美しさ。彼女はエルフだった。

「ブ、ブラッディオーガ⁉」

彼女の叫び声に赤裸のオーガが反応する。そして振り返り棍棒を振りかぶると……。

「逃げろっ！」

俺は慌てると彼女に向かって走った。赤裸のオーガの棍棒が薙ぎ払うように振られる。彼女の華奢な身体では受けた瞬間に身体がズタズタになるだろう。

「くそっ！　間に合えっ！」

矢のような速さで赤裸のオーガを追い越す。なんとか棍棒と彼女の間に身体を割り込ませることに成功した俺は、守るように彼女の身体を抱きしめた。

「きゃあああああっ！」

次の瞬間、身体に衝撃を受ける。俺たちの身体は棍棒によって吹き飛ばされ地面を転がっていく。

「うぅ……痛い」

俺の腕の中で彼女がもぞもぞと動く。どうやら生きているようだ。

「間に合ってよかった。大丈夫か？」

「うん。私は平気だけど、あなたの方は大丈夫なの？」

彼女が心配そうに俺の身体を見る。

庇った際に右半身に棍棒を受けてしまったので右腕が折れ、腕から血が流れていた。

「あんたが無事ならそれでいい」

痛みは確かにある。だが、怪我はパーフェクトヒールで治せるのだ。俺の怪我一つで彼女が死ななかったのなら問題ない。

「それより逃げてっ！」

俺の腕の中で彼女はそう叫んだ。

「あいつはブラッディオーガよ！　この森に長い間住んでいて私たちを苦しめている凶悪モンスターなの！」

「それならここで倒してしまった方がよいだろう」

「無理よっ！　村の戦士数人で掛かっても追い返すのがやっとなのよ！」

なるほど、どうりで強いわけだ。

「それにあなた腕怪我しているじゃない！　武器だって……」

彼女の視線の先を追う。

慌てていたので神剣ボルムンクは地面に投げ捨ててある。ブラッディオーガの背後にあるので取りに行くことはできないようだ。

「ＫＡＡＡＡＡＡＡＡＡＡＡ！！！」

勝利を確信したブラッディオーガは笑みを浮かべると棍棒を振り上げる。

「もうだめっ！」

あきらめたのか目をつぶるエルフの女性。

だが俺はこの位置関係になるのを待っていた。

「大丈夫だ！」

次の瞬間、イビルビームがブラッディオーガを貫く。

「U……ＡＡＡ?」

「えっ？」

腹に大穴を開けたブラッディオーガが倒れる。巨体が倒れたことで一瞬地面が揺れる。

「い、いったいどうなって……?」

まだ状況を把握しきれていない彼女に俺は言う。

「良かったな。長年苦しめていたモンスターは死んだようだぞ」

・ブラッディオーガのツノ×1
・ブラッディオーガの肉×1

死体の収納を終えると、俺はまだ放心しているエルフの女性に声を掛ける。

「それで、どうしてあんなところに倒れていたんだ？」

「えっと、父が病に侵されていて、その症状を抑えるハーブを採りに来たの。そしたら突然あいつが現れて、知らないうちに気絶していたみたい」

「なるほど、ブラッディオーガがあんたを気絶させたタイミングでちょうど俺が通りかかったのか」

そうすると、お互いに運がよかったらしい。

「それよりその腕、はやく治療しなきゃ。待ってて、今ハーブを集めてくる！」

起き上がろうとして顔を歪める。どうやら足を痛めているらしい。

「大丈夫だ。それより少し身体に触れるぞ？」

俺は彼女の身体に触れると……。

「【パーフェクトヒール】」

「ん。……ぁん」

耳元で色っぽい声がする。見上げてみるとエルフは瞳を潤ませていた。

「どうだ、まだ痛むか？」

俺の問いに彼女は自分の身体を触ってみると……。

「嘘っ！　まったく痛くない！」

パーフェクトヒールの効果は絶大だった。俺は自分の腕にもパーフェクトヒールをかけて怪我を治す。

「ねえ、それいったいなんなの？」

エルフが恐る恐る聞いてくる。

「ああ、これはパーフェクトヒールといって体力と魔力が全快になる上、すべての怪我を治すことができるんだ」

「そ、そんな魔法聞いたことないわ！　うちの高位の精霊使いだって、こんな短時間で治すのは不可能よ」

驚きをあらわにするエルフ。俺はようやく人に会えたので、これまでの疑問を解消しようとする。

ようやくここがどこなのかハッキリする。俺がそのことを聞こうとすると……。

「あっ、その前にお礼がまだだったわね。今回は助けてくれてありがとう。あなたがこなかったら私はブラッディオーガに連れ去られて犯されていたわ。身の危険を顧みずにブラッディオーガに挑んで怪我までして私を守ってくれた」

そこでエルフは顔をやや赤らめると……。

「その……本当にありがとう」

瞳を潤ませると、まっすぐ俺の方を向いて礼を言われた。

「気にするな。放っておくことはできなかった」

あの状況を無視できるようならアリシアの身代わりに生贄になんてなっていない。

「それより一つ聞きたいんだが、ここはどこなんだ？」

何とかして国に帰らなければならないので、現在地を把握したいのだが……。

「えっ？　ここがどこかって、自分で入ってきたのにわからないの？」

「まあ、ちょっと色々あってな」

説明しても信じてもらえないだろう。俺が言葉を濁すと……。

「……まあいいか。ここは迷いの森よ」

彼女は釈然としない顔をしたのだが答えてくれた。

「聞いたことがない。そうすると俺の住んでいた街の近くではなさそうだ」

邪神の下へと送られる転移魔法陣のせいで随分と離れた場所にきてしまったようだ。しかし迷いの森とは言い得て妙だな。

ここはひらけた場所なのだが、森に入ると陽の光を遮るほどに木が高く葉が空を覆い隠している。目印のようなものもないので方向感覚が狂い、迷い続けることになりそうだ。

そう考えると、どうやってここを脱出するべきか？

「ねぇ。ちょっといいかしら……あなた……えーと……」

「ああ。俺はエルトだ」

名前を呼ぼうとして言いよどんでいるようだったので、俺は名乗った。

彼女は口元で「……エルト」と呟くと、

「私はセレナよ」

胸に手をあてて名乗るセレナ。そんな彼女をじっと見ていると……。

「ここじゃなんだから私の村にきてくれない？　助けてもらったお礼もしたいし」

ここで断っても迷いの森をさまようだけだ。

「わかった。案内してくれ」

俺はセレナの提案に頷くのだった。


「セレナじゃないか。どうした！　随分と汚れているじゃないか！」

歩くこと数十分、どうやらエルフの集落に着いたらしい。

エルフの男が高い木から飛び降りてセレナの前に立った。

「実はブラッディオーガに襲われて……」

「なんだとっ⁉　あいつがまたでたのか！　至急、追い返さなければ！　村に近づかれては困る！」

他にもエルフが現れ、深刻そうな顔をする。セレナが近寄ってくるので話しかけた。

「あいつは本当に迷惑な奴だったんだな」

「そうよ。私たちでは倒すことができないから、集落の近くに現れるたびに皆で村から遠ざけるように誘導していたの」

　そんな会話をしていると……。

「セレナ！　何をのんきにしている！　お前は目撃した場所を報告してくれ！」

　慌てているエルフの男に、

「ちょっといいか？」

「何だお前は……まさか人族か？」

　眉をひそめると探るような視線を向けてくる。どうやら歓迎されていないらしい。

「エ、エルトは私をブラッディオーガから助けてくれたの！」

　不穏な空気を感じ取ったのか、セレナは庇うように前に出ると皆に説明をしてみせる。

　その言葉でその場のエルフの視線から険しさが消える。

「そうか、セレナの恩人は村の恩人。今は忙しいのでろくなもてなしはできないが、ブラッディオーガの件が片付いた後でお礼はさせてもらう」

　そう言って動き出そうとしている男に、俺はある物を取り出して見せる。

「その忙しい用件とやらのブラッディオーガだが、俺が倒したぞ。これが証拠のツノだ」

「「「「はっ？」」」」

　口をぽかんと開けるエルフたち。それを苦笑いしながら見ているセレナ。

　奇妙な沈黙があたりを支配する。

「お、お前がブラッディオーガを倒しただと？」

驚愕の表情を浮かべたエルフの男が俺を指差した。

「ええ、あまりにも一瞬だったからどうやったか解らなかったけど、エルトは確かにブラッディオーガを倒したわ」

セレナが口添えをしてくれる。エルフの男は落ち着きを取り戻すと、

「そうか、セレナ。それじゃあ、その人族を長のところに連れて行って報告をしてくれ」

「わかったわ。エルト行きましょう」

セレナはそう言うと俺の手を引っ張り歩き出した。


村に入るとエルフたちが一斉に俺たちに……いや、俺に目を向けた。

その視線はどこかよそよそしく、まるで得体のしれない存在を見たかのように警戒をしている様子だった。

しばらく進んだ場所に五十メートルを超す大樹があった。その枝の上には家があり、俺とセレナははしごを登りその家に入った。

「父さん。今戻りました」

「おお、セレナか。ハーブを採りに行ってくれたらしいな。いつもすまない」

「それは言わない約束でしょう。それよりも今日は報告があるわ」

　セレナはそう言うと視線を俺へと向ける。

「ほう、人族の客人とは珍しい。わしはこの村の長をしているヨミじゃ」

　その言葉に俺は驚く。どうやらセレナの父が村の長のようだ。

「エルトです」

　ヨミさんは俺を値踏みするように見る。その目は俺の内面まで見透かそうとしているようでどうにも落ち着かない。しばらく観察すると満足したのか、

「ふむ、報告というのはこちらの人族の下へ嫁ぐということかの？」

　これまでと一転して表情を和らげ、からかいの言葉を口にする。

「いっ、いきなり何を言うのよっ！　私とエルトはそんな関係じゃないわっ！」

　ヨミさんの発言をセレナは顔を赤くして否定する。

「ほっほっほ。冗談じゃよ……。それにしても人族にしては素晴らしいオーラを纏っておるようじゃな」

「オーラですか？」

　ヨミさんの言葉に心当たりがない。

「わしらエルフには種族特有のステータス『魅力』が備わっている。中には特殊な目を持つ者がおる。その者の目には魅力を持つ人物からオーラが立ち昇って見えるのじゃ。おぬしは人族なのに『魅力』を持っているようじゃな」

「あっ、それ私も不思議だった。エルトを初めて見た時から目が離せなくな…………っていまのはなしっ！」

どうやらこの二人は、その特殊な目を持っているらしい。俺のオーラが見えているということか……。

「その『魅力』が高いと何か良いことがあるのですか？」

ステータスの実を食べて得た『魅力』について俺は何も知らない。エルフが持つステータスということなら聞いてみるべきだ。

「魅力が高ければ好意を寄せられやすいのじゃ。そしてそれは異性だけではなく、動物や精霊にも好かれやすい性質を持つ。優れた精霊使いは例外なく高い魅力を有しておる」

「なるほど、勉強になります」

「でも変よね。エルトは人族でしょう？　どうして魅力を持っているのかしら？」

首を傾げるセレナ。さすがにステータスの実のことを言うのは止めておいた。話すと邪神についても触れなければならないので、信用してもらえないだろう。

「さてな。特異体質なんじゃないか？」

その俺の態度にヨミさんはピクリと眉を動かす。

「それよりセレナ。報告とはなんじゃったんじゃ？」

「ああ、そういえば話が脱線していたわね。実はハーブを採りに行ってブラッディオーガに遭遇したの」

「なるほど、それで？」

「私は気絶させられたんだけど、そこにいるエルトがあっという間に倒してくれたわ」

「ふーむ。なるほどのぅ」

アゴに手を当てて俺をじっくり観察するヨミさん。

「お父さん、驚かないの？」

てっきり他のエルフと同じように驚くかと思ったのだが、ヨミさんは動じることなく、

「長い間生きておれば、自分の想像を超えるような出来事は多々あるからのう。エルト君は不思議な雰囲気を持っておるから、そう言われても信じるわい」

そう言ってヨミさんは笑ってみせる。

「長年わしらを苦しめてきたブラッディオーガを討伐してくれてありがとう。今夜はエルト君を歓迎した宴を行うのでゆっくりしていってくれ」

「ありがとうございます」

そう言うと俺はセレナに連れられ客室に向かうのだった。

「とりあえず、何とか人のいる場所にこられたな」

俺は安心するとほっと息を吐く。

「そういえばレベルが上がっていたんだったな」
一人になったので俺はステータスのチェックをする。

名　前：エルト
称　号：町人・神殺し・巨人殺し
レベル：834
体　力：1681
魔　力：1681
筋　力：1681
敏捷度：1681
防御力：1681
魅　力：170
スキル：農業Lv10
ユニークスキル：ストック
【ストック】
・イビルビーム×9996
・パーフェクトヒール×99997

【アイテム】
・神剣ボルムンク
・ディアボロスワイン×５００（超高級酒）
・バハムートワイン×５００（超高級酒）
・リヴァイアサンワイン×５００（超高級酒）
・金の果実×７８９（食べるとすべてのステータスが10増える）
・銀の果実×１１０４（食べると魔力が10増える）
・赤の果実×２４００（食べると体力が10増える）
・青の果実×２３９７（食べると敏捷度が10増える）
・黄の果実×２４０５（食べると筋力が10増える）
・緑の果実×３００２（食べると防御力が10増える）
・虹の果実×１０８（食べると魅力が１００増える）
・ブラッディオーガのツノ×1
・ブラッディオーガの肉×1
……ｅｔｃ

一気に60も上がっている。もしかすると、あのブラッディオーガは高レベルだったのかもしれない。

「それにしても精霊に好かれる……ね」

俺は魅力のステータスをみて考える。もしそれが本当ならば今後の助けになるかもしれない。


——コンコンコン——


「どうぞ」

返事をすると入ってきたのは先程のエルフの男だった。

「エルトだったな。俺は長の息子のフィルだ。今回は妹のセレナを助けてくれて心の底から感謝している」

「いや、そんなに気にしないでくれ。こうして泊めてくれただけでも助かっているんだ」

彼女の道案内なしには、こうして辿り着くことはできなかったのだから。

俺が礼を言うと、フィルは面を食らったような表情をしてみせた。

「どうかしたのか?」

「いや、言い伝えに聞く人族と随分違うんだなと思って」

「言い伝え?」

「ああ、ここにくるまで他のエルフを見ただろ。あいつらの目を見て何か気付かなかったか?」

　フィルのその言葉に、俺は思い当たる節があった。

「ああ、なんか妙によそよそしいと思ったが、部外者が入ってきたなら警戒するのは当然じゃないのか？」

　エルフの村は森の奥にある。知らない相手が自分たちのテリトリーに入ってきたのだから無理もない。

「まあ、それだけじゃないんだが、あいつらにも悪気はないんだ。許してやってくれないか？」

　フィルは頭を下げた。

「何か理由があるんだろ。良かったら教えてくれないか？」

　フィルは頷くと……。

「今から数百年前に人族とエルフの間で戦争があったのは知っているか？」

「いや、すまないが知らなかった」

　歴史の記録にはあるのだろうが、それを知っているのは専門の学者ぐらいだろう。

「その時に色々あったらしくてな。俺たちエルフは長寿だから、先祖から人族の所業を伝えられているんだ」

「なるほど、そういうことなら仕方ないよな」

　俺自身が何かをしたわけではないが、過去に争った事実があるのだから。

「だけど安心してくれ、エルト」

そう考えているとフィルが肩を掴んだ。

「どういうことだ？」

「今セレナがお前のことを皆に言って回っている。エルフの村は全員が家族なんだ。家族を助けてくれた恩人を決して無下に扱うことはない」

どうやらセレナも周囲の視線に気付いていたらしい。俺のために周囲のエルフを説得してくれているかと思うと自然と頬が緩む。

「それよりエルト。お前、結構汚れているな？」

ふと眉をひそめるとフィルは言った。俺の肩に手を置いたせいで汚れが移ったようだ。無理もない。邪神の生贄に捧げられてからブラッディオーガを倒すまで、一度も水浴びをしていないからな。

「宴の開始までまだ時間もある。ここには秘湯と呼ばれる温泉があるんだ。良かったら今のうちに汚れを落としてくるといい」

「じゃあ、お言葉に甘えさせてもらうかな」

俺は立ち上がるとフィルに道を聞いて、秘湯へと向かうのだった。

「ふぅ……生き返るな」

両手でお湯を掬うと顔にかける。俺は現在、エルフの村にある温泉に浸かっている。

周囲が岩で囲まれており、岩の間から湧き出て流れ落ちる水音が辺りに響く。

高い木々に囲まれているお蔭で、村のエルフの視線を気にすることなく俺は一人でくつろいでいた。

「それにしても不思議なものだ」

ほんの何日か前は邪神の生贄になるはずだったのに、今はこうしてエルフの村で温泉に浸かっているのだから。

「アリシアは大丈夫だろうか？」

別れ際の彼女の表情を思い出す。

アリシアは優しい女の子だ。自分の代わりに誰かが犠牲になるのをよしとしない。

「何とか俺が無事だと知らせることができればな……」

俺のことで自分を責めているであろう彼女の姿を思い浮かべると胸が痛んだ。

それにはまず人族の村か街にたどり着かなければならないのだが、どうやってこの森を抜ければよいのかわからない。立ち込める湯けむりを見つめながら方法を考えていると……。


――チャプン――

水が跳ねる音がした。どうやら誰かが温泉に浸かりにきたようだ。

俺は息を殺して様子を窺う。相手は村のエルフの可能性が高い。急に声を掛けると怯えて逃げられてしまうかもしれないからだ。

「あれ？　誰かいるのかしら？」

だが、予想とは裏腹に現れたのはセレナだった。

チャプチャプとお湯をかき分け進んでくる。セレナも俺の姿を見つけると、

「なんだ、エルトだったのね」

気安く声を掛けながら近寄ってくるセレナ。俺の目にセレナの肢体が飛び込んでくる。

サラリと流れ落ちる銀髪。程よく膨らんだ胸。魔法の照明に照らされて見える白い肌。顔の造形からして美しいのがエルフの特徴だが、こうして湯けむりに立っている姿は幻想的で思わず見惚れてしまった。

「どうしたのよ？」

セレナが俺の顔を覗き込むと不思議そうにたずねた。その際に一糸まとわぬ彼女の身体をくまなく見てしまう。

「いや、その……悪い」

俺は顔が熱くなると目を逸らした。

「どうして謝るの？」

先に温泉に入っていたのが俺とはいえ、せめて声を掛けるべきだった。

「裸を見てしまったからだよ」

俺は素直に理由を告げるのだが……。

「どうして？　湯浴みする時は裸に決まっているじゃない？」

「えっ？」

「何かおかしなこと言ったかしら？」

首を傾げるセレナ。俺は説明をすることにした。

「人族では普通は異性と一緒に入浴しないんだよ」

「そうなの？」

理解しているのかわからないが、温泉に浸かってセレナは寛いだ様子だ。

「恥ずかしくはないのか？」

俺はセレナから顔を逸らしつつ聞いてみるのだが、

「別に？　ここは誰の場所でもないもの。動物だって浸かりに来るのよ」

お互いの常識が違うらしい。本人が気にしていないのならこれ以上騒ぐ方がよくないだろう。

俺はさっさと温泉からあがろうと考えるのだが……。

「そういえば、怪我の痕も残らないのね。不思議だわ」

セレナの手が伸びてきて俺に触れる。彼女は真剣な表情で右腕を見ていた。

「ああ、あの魔法はどんな怪我でも治してくれるからな」

裸の女性が傍にいるというだけで緊張する。俺が身動き取れずに固まっていると……、

「みてみて。私の方も傷一つないのよ」

セレナはそういうと身体を見せつける。その肌には確かにシミ一つなく、まるで芸術品のような美しさを放っていた。

「エルト?」

反応ができないでいると、セレナは真っすぐな瞳を俺へと向けてくる。俺は急に立ち上がると。

「の、のぼせそうだから先に上がる」

その場から逃げ出すのだった。


そこら中から笑い声が聞こえてきて、周囲には光の玉が浮かんでいる。

光の精霊が生み出す照明は優しく周囲を照らしており、その光に照らされたエルフはとても幻想的に見えた。

俺はコップに入った蜜酒をちびちびと呑みながら、その光景を見ていた。

「美味しいな」

花から作られた酒は清涼感が溢れていて呑みやすく、上品な蜜の甘味が口いっぱいに広がる。

エルフ秘蔵の酒らしく、街ではこのような酒は呑んだことがない。

この一杯を呑めるだけでも、ここにいる価値はあったなと思っていると、

「エルト、今日の主役がなんで端っこにいるのよ」

そこにはセレナが立っていた。

手には俺と同様に蜜酒を持っているようで、上機嫌な様子だ。

先程の森で活動する恰好とは違い、布地が薄い白のワンピースにサンダルと髪飾り。温泉に入っていたので頬がほてっており良い香りが漂ってくる。

先程温泉で裸を見せ合ったことが気まずく、俺は顔をそらすと、

「皆嬉しそうだなと思って見ていたんだよ」

村に入った時のような視線は向けられない。セレナが皆に説明をして回ってくれたというのは本当らしい。

「それはそうよ。私たちはこれまでブラッディオーガに酷い目にあわされてきたの。その心配がなくなったのだから浮かれもするわよ」

村の人間を説得して回るのは大変だっただろうに、セレナはその様子をおくびにもださないで俺の隣に腰かけた。じっと見つめていると、ふとセレナと目が合った。

「ねえ、エルトのこともっと教えてくれないかしら？」

「俺のこと？」

「よく考えたら私たち、まだお互いの名前ぐらいしか知らないでしょう?」

ドタバタしていたから、それ以上の会話をする時間がなかったからな。

「それもそうだな。長い話になるけど構わないか?」

「ええもちろん。時間はたっぷりあるものね」

酒を呑んで気分も良かった俺は、その後お互いの生い立ちについて雑談をするのだった。

「ううう……お父さん。お母さん」

幼い女の子がうずくまって泣いている。辺りは薄暗く、木々に囲まれており方向がわからない状況だ。

幼い女の子——アリシアは皆で近くの森に遊びにきたのだが、夢中になるうちに崖から足をすべらせてしまったのだ。

次第に日が暮れはじめ、周囲に生き物の気配が漂い始める。街の近くの森とはいえ、弱いモンスターが生息している。

「痛いよぉ。寂しいよぉ。一人は嫌だよぉ」

——ガサガサガサッ——

「ひっ⁉」

草を掻きわける音にアリシアが怯えた次の瞬間……。

「やっと見つけた」

そこには身体中を傷だらけにして頭に葉っぱをつけたエルトが立っていた。

「エルト。どうして？」

その日、エルトは遊びに参加していなかった。それというのも、両親がおらず内向的なエルトは子供たちの輪に入れなかったからだ。

アリシアの隣の家に住むエルトは皆が森に遊びに行くのを見ていたのだが、戻ってきた時にアリシアがいないことに気が付いた。そして、他の子どもの様子がおかしかったので、勇気を出して尋ねたところ、アリシアが森で行方不明になったと知った。慌てたエルトは急ぎ森に入るとアリシアを捜索した。

「さあ、帰ろう」

何事もなかったかのように手を差し出すエルト。

「無理だよぅ。足が痛くて立てないの」

崖から落ちた際、足を捻ったようで身動きがとれないのだ。

「仕方ないな」

エルトは溜息を吐く。アリシアはビクリと肩をすくませた。

それというのもエルトに置いていかれると思ったからだ。

「それじゃあ、背負っていくから掴まってくれ」

だが、エルトは背を向けるとアリシアに乗るようにいった。

「う、うん」

アリシアが素直にエルトに身を預けると、その背中に顔をつける。それだけで先程までの不安が失せていくのを感じた。

無言で森の中を進むエルト。よく見ると全身が傷だらけだった。

「エルト。どうして私を探しにきてくれたの？」

エルトはこれまでアリシアがどれだけ誘っても町の外へ出ようとしなかった。そんなエルトが、この時ばかりはこうして森に入って自分を探しにきてくれたのだ。

「そんなのは決まっている。アリシアが泣いていると思ったからだよ」

エルトはアリシアの泣き顔が苦手だった。その姿をみるだけで言葉にできないざわめきが広がる。森に置き去りにされて泣いているアリシアの姿を想像したエルトはいてもたってもいられずに飛び出してきたのだ。

「そっか……。じゃあエルト。これからも私が泣いていたら駆けつけてくれる？」

心臓の鼓動が伝わっていないか。アリシアは顔を熱くしながらも期待してしまう。

「約束はできないぞ」

だが、エルトは言葉の意味がわからず期待通りの言葉をくれなかった。

「駄目だよ。約束だもん。私が泣いていたらエルトは絶対に駆け付けるの」

アリシアの強引な約束にエルトは……。

「わかった、約束だな」

そう答えるのだった。


「エルト、どうして……」

暗闇の中、アリシアは呟いた。どうやら夢を見ていたようだ。懐かしくも暖かい、アリシアが初めてエルトを異性として意識した日の夢。

涙は涸れ果てており、もはや流れることもない。先程まで見ていた夢の約束は果たされず、どれだけ泣いてもエルトはもういない。

「エルト……どうして私の身代わりに……」

アリシアは悲しみに暮れるのだった。


生贄の儀式から数日が経過した。

最初は混乱していた儀式場だったが、邪神の下へと召喚される転移魔法陣にエルトが消えたことが伝わるとざわめきは収まった。

大半の人間はエルトの行動を称賛し、その自己犠牲に対して涙を流した。

だが、誰もが心の底では考えていたに違いない。

『これでアリシアが犠牲にならずに済んだ』と。

「私そんなの嬉しくない。エルトがいなくなるなんて……」

これまでエルトと過ごしてきた記憶がアリシアの脳裏に蘇る。それと同時に喪失感が胸の裡(うち)に広がった。

「私が弱音を吐いたから、だからエルトは……」

儀式前夜を思い出す。アリシアはエルトを呼び出していた。

翌日になれば自分は邪神にこの身を捧げなければならない。せめてその前に想いを打ち明けたいと。

だが、エルトの顔を見たアリシアはその想いを口にすることができなかった。ここで想いを打ち明けてしまえば、彼の一生を縛ってしまうかもしれない。そう考えると言葉が出なくなったのだ。

代わりに口にしてしまったのは「死にたくない」という弱音だった。

国から生贄に選ばれ、気丈に振舞っていたがエルトの前では年相応の少女なのだ。本音が漏れてしまう。

エルトはアリシアの言葉を聞くとそっと背中を撫でた。

「あの時、私が泣かなければエルトは身代わりになろうなんて考えなかったかもしれない」

彼が吸い込まれた魔法陣を見る。

「いえ、きっと最初からこうするつもりだったのね。エルトは優しいから」

アリシアは微かに笑って見せる。そして魔法陣に触れると…………。

「えっ！」

魔法陣が輝きを増した。

「これ、まだ繋がっているの？　嘘……だってこの光は生贄になった人間が死んだら消滅するはずなのに」

邪神の魔法陣は年に一度城の儀式場に現れる。そこを誰かが通らない限りは収まらず、生贄が死ぬと光を失う。アリシアは事前にそう説明を受けていた。

「もしかして、エルトは生きている？」

それは願望に近い言葉だ。なんらかの原因で魔法陣が誤作動を起こしている可能性もある。言い伝えが間違っていただけの可能性もある。だが……。

魔法陣は光り輝くばかりで答えてはくれなかった。たとえアリシアが乗っても魔法陣は起動しない。一人の生贄を運ぶ機能しかないからだ。

「もし本当に生きているなら……」

アリシアの瞳に光が灯る。それは先程までの絶望に嘆いていたものではなく、決意を帯びた……。

「私はエルトに会いたい」

アリシアは願いを口にした。

「会って伝えなければいけないの。だって、この想いだけはずっと……」

アリシアは胸に手をやるとトクンと鼓動が激しくなるのを感じるのだった。

二章

「……それでね、エルト」

「ああ」

セレナの言葉に相槌(あいづち)を打っていると――。

「セレナばかりずるいわよ。私たちだって英雄さんと話をしたいのに」

数人のエルフが俺を囲んでいた。全員が顔を赤くしていることから酒が回っているようだ。

「ふふーん、エルトは私と話をしているだもん。悔しかったらブラッディオーガに攫われて助けてもらったら？」

上機嫌で寄りかかってくるセレナ。俺は立ち上がると……。

「あれ？　エルトどうしたの？」

「ちょっと酔いを醒(さ)ましてくるよ」

大人数の女性に囲まれるのが苦手な俺は、その場から離れることにした。


「いいぞっ！　やれーっ！」

「負けるなフィル！」

女性のエルフを避けるように歩いていると男たちが盛り上がりをみせていた。なんとなくそちらを見ると、木でできたステージの上で二人の男が戦いを繰り広げている。

「あれは……」

片方はセレナの兄であるフィル。もう一人は村のエルフなのだろう。

両方とも木剣を握り締めていて、お互いに攻撃を仕掛けては、一進一退の攻防を繰り広げている。

他人が戦っている様子に興味を持ち、何となく知り合いのフィルを心の中で応援していると……。


――カァーンッ――


相手のエルフの木剣がはじかれ、俺の足下へと滑ってきた。

「ま、参った！」

両手をあげて降参するエルフ。周囲からは野次が飛び、勝者のフィルが称えられていた。

「ったく。あと少しだったのによぉ」

ぼやきながらステージから男が降りてきた。そこでフィルは俺に気付くと……。

「よぉ、エルト。楽しんでいるか？」

大きな声のせいで全員が振り返り俺を見る。

「ああ、お蔭様でな」

「よかったらやっていかないか？　俺に勝てたら賞品を出すぞ」

そう言って木剣を向けてくる。

俺は少し考えると足下の木剣を拾った。

「それじゃあ、ちょっと稽古をつけてもらおうかな」

フィルと試合をするために舞台へと上がった。

「おーーい！　村一番の剣の使い手フィルと巨人殺しの英雄が戦うぞ！」

良く通る大声に村中のエルフたちが集まってきた。

「それじゃあ、ブラッディオーガを倒したお手並みを見せてもらおうか」

フィルが木剣を掲げ、俺もそれに合わせて剣を持ち上げる。そして二つの剣がぶつかるのが合図となり勝負が始まった。


「やっ！　はっ！」

フィルは真剣な表情を浮かべ木剣を振り続ける。その動きは素人の俺から見て鋭く、よく見ているのに剣筋を見失いそうになる。

「おっと！」

上から振り下ろされたと思っていた剣が次の瞬間、左の死角から迫ってくる。俺はそれをどうにか木剣を間に差し込むことでやり過ごす。

「どうしたっ！　そっちからも打ってこいよ！」

先程から防戦一方になっている。俺がこの勝負を受けたのは少しでも実戦経験を積んでみたかったからだ。

森で遭遇したブラッディオーガ戦で、自分にもっと強さがあればと思わずにいられなかった。

フィルは村一番の剣の使い手らしいので、彼と打ち合うことで訓練をしたかったのだ。

ステータスの差があるお蔭でフィルの動きは完全に見えている。

それなのに、こうして打ち込まれているのは俺の技術不足のせいだ。

この先、自分の故郷に戻るまでに自衛手段は必要だ。

イビルビームを使えば敵をすべて倒すことはできるのだろうが、あれは手加減できるスキルではない。殺したくない時に無力化できるように加減できる力が必要なのだ。

「……そろそろ反撃か？」

フィルも俺の意図がわかっていたのか徐々に攻撃速度を上げていたのだが、限界らしい。俺はそろそろ攻めに転じようと気合を入れなおす。

「ようやくやる気になったか？　言っておくが、そう簡単に攻撃はもらわないからな！」

フィルは剣を握りなおすと不敵に笑うのだった。

「はぁはぁはぁ……馬鹿なっ！」

それから数分後、フィルは木剣にもたれかかり息を切らしていた。

俺はそんなフィルをじっと見ていると……。

「おいおい、あのフィルが剣術で人族に後れをとるだと？」

「あいつの動き速すぎる。本当に人族なのか？」

「まさか賞品があいつの手に渡るなんてことないよな？」

若干気になる言葉もあるが、動揺が伝わってくる。

「さっきから繰りだしているそれ、俺の剣技じゃないか。まさか見て覚えたのか？」

「まだ見様見真似だけどな」

剣を振る技術はすぐに身につくものではない。ステータスのお蔭で速く動けるが、まだまだ甘い。

周囲を見ると、村中のエルフが集まっている。そして最前列の観客に俺は知っている顔を発見した。彼女は胸の前で手を組むと真剣な顔をしている。

「セレナ。応援に来てくれたのか！」

フィルが嬉しそうに呟くと、元気を取り戻したのか俺を見た。

「いやまったく予想以上だったよ。ブラッディオーガを倒したんだから当然だけど、ここまで強いとは」

　フィルの賞賛に周囲のエルフたちも熱っぽい視線を俺に向けている気がする。

「だが、俺も負けるわけにはいかない。この賞品は誰にも渡すわけにはいかないからだ」

　真剣な表情だ。よほどよい賞品なのだろうか？

「ところでエルト。父から話は聞いていると思うが、魅力によるオーラが見える条件って知っているか？」

「いいや？」

「それは精霊視が使えることだ」

「精霊視？」

　初めて聞く言葉だ。

「オーラを見ることができる眼のことを精霊視っていうんだ。精霊視を使えるエルフは精霊と契約してその力を使役することができる」

　フィルの周りに風が集まるのを感じる。

「つまり？」

「剣では確かに後れを取った。だが精霊魔法を使った俺に勝てるかな？」

「むっ？」

　フィルの周りを風が纏（まと）わりついているのが見える。

「さあかかってこいっ！」

お言葉に甘えて、俺はフィルの肩めがけて木剣を振るう。

「えっ？」

フィルの身体を破壊するつもりはなかったので力を入れていたわけではないが、木剣はフィルの肩に触れる手前で何かに弾かれた。

「風のシールドがある限り、生半可な剣は通さないぜ」

フィルの剣が風を纏う。

「さて、これで俺の方が有利になったな」

フィルはそう言うと今度は攻撃を仕掛けてくる。もともとの剣の腕と、風の力が加わったお陰で、先程までよりも数段速い。

「なんつーか、大人げない」

「そこまでして賞品を守りたいのか……」

「いいぞフィル！　絶対に守り切れよっ！」

ギャラリーの声にフィルは横を向く。

「セレナっ！　この兄はお前につく悪い虫は排除してみせる！」

その言葉がきっかけで精霊の力が増し、ステージを暴風が吹き荒れる。

防御を突き破る威力で攻撃するとフィルが怪我をしてしまう。俺はどうするか考えているとセレナが口を開いた。

彼女は口いっぱいに息を吸うと両手を胸の前で組み、

「エルトーーー！　がんばれぇぇぇぇ！」

俺を応援してくれた。

「セ、セレナっ⁉」

次の瞬間、風が止みフィルが棒立ちになった。

「隙ありっ！」

この機会を逃すものかと飛び込んだ俺はフィルの木剣を叩き落とし、剣先を喉元に突き付けた。

「勝負ありっ！」

「やったあああああっ！」

嬉しそうに飛び跳ねるセレナ。

「お、俺が……負けただと？」

そんなセレナをよそに、フィルは落ち込んだ様子を見せるのだった。

「いやー、たいした奴だよ、お前！」

「まさかフィルが負けるとはな。乾杯しようぜ！」

「おい酒が足りねえぞ‼」

　ステージを降りるとエルフたちが上機嫌で俺の肩を抱いてきた。どうやら今の試合で俺のことを認めてくれたようだ。

「何言っているの、もうお酒なんて残ってないわよ」

　だが、もともと予定していなかった宴なので、すでに酒は底をついているらしい。

　俺はアゴに手を当てると、

「良かったらこの酒にしないか？」

　ストックの中から三種類のワインを五本ずつ取り出してテーブルに並べる。

「おおっ！　手品みたいだな。酒が飲めるなら何でもいいさ」

　エルフが嬉しそうにワインを掲げていると……。

「ちょ、ちょっとその酒をわしにも見せてくれんかっ！」

　ヨミさんの声が聞こえた。

　村長のただならぬ様子に俺とエルフの男はワインを持ってヨミさんの下へと向かう。

　ヨミさんはワインを受け取るとそれを凝視する。光にかざしたり回してみたり、ラベルの文字を熱心に読んだり。しばらくするとヨミさんは目をカッと開いた。

「こっ……これはっ！　幻のワインではないかっ！」

「幻のワイン？」

「うむ。すでに失われた文明のワインじゃよ」

俺が取り出したのは邪神の城に保管されていたワインだ。まさかそんないわくつきの物だったとは……。

「これがそんなに凄いものなんですか?」

テーブルの上には【ディアボロスワイン】【バハムートワイン】【リヴァイアサンワイン】が並んでいる。

「幻のワインの特徴はその容器じゃ。この光を通さぬ硬質の材質で保管することで、時間を経過させることで味わいが深くなる。世界で五本の指に入る名酒と呼ばれるものが三種類もっ!エルフの長い一生の間でどれかひとつでも口にすることができたなら強運と言われておるのに……」

そんな凄いワインだとは知らなかった。

周囲で酔っ払っているエルフたちも、ただごとではないと真剣な顔をしている。

「エルト君や。これは大事にしまっておいてなにかの記念日にあけるべきじゃ。こんな宴会なんかで消費してよい物ではない」

ヨミさんは優しく俺を諭すとワインを俺に返そうとする。だが俺はそれを受け取らなかった。

「なら、やはり今日あけるべきでしょう」

皆が怪訝な顔をするなか、俺はこの場の全員を笑顔で見渡すと言った。

「今日は皆と出会えた記念日ですから。このワインをあけるのにこれ以上ふさわしい日はないですよ」

街にいた頃はアリシアしか話し掛けてくる相手がいなかった。だが、今日はエルフたちから親しみの視線を向けられ、話し掛けてくれたのだ。

俺がこのワインをこの場の人たちと一緒に呑みたいと思うのは当然だろう。

「エ、エルト君……」

感動した様子をみせるヨミさん。俺はちょっと言い過ぎたかもしれないと思い、言葉を追加する。

「そ、それに、こういうお酒は皆で呑んだ方が美味しいですからね」

若干照れ隠しも含むのだが、皆笑顔で頷いてくれる。

「ハハッ、違いねえや！　よく言った！」

その後、皆でワインを分け合い楽しい時間を過ごした。

「……頭が痛い」

翌日。目覚めてみるとフィルが左腕を、セレナが右腕を抱いた状態で密着して寝ていた。

どうやらここはヨミさんたちの家のようで、どうやって戻ったのかは覚えていないが、俺たちは家に戻るなり力尽きていたようだ。

「うふふふ、エルトぉ……」

「セレナは渡さないぞぉ……」

兄妹揃って何やら寝言を呟いている。至近距離から見る二人の顔はやはり整っている。昨晩みた他のエルフと比べても別格と言っても良いだろう。

俺は二人から腕を抜くと……。

「【パーフェクトヒール】」

魔法を唱えると頭痛が消えた。どうやらパーフェクトヒールは状態異常も治せるらしい。

「一応この二人にもかけておくか」

おそらく起きた時に頭痛に悩まされるであろうと思ったので、俺は二人にもパーフェクトヒールをかけて二日酔いを消しておくのだった。


「なに？　精霊視について教えて欲しいじゃと？」

「ええ。それともエルフの秘伝だったりするのでしょうか？」

起床してヨミさんと会うと、俺は昨晩の精霊魔法のことを思い出した。光源を用意し、自動で制御したり水を湧き出させたり。土を盛り上げて宴会会場を作ったり、風や火を起こしたりなど。習得することができれば、この森をでて故郷に帰ることができるのではないかと考えたからだ。

「ふむ、確かにエルト君は【魅力】のステータスを持っておるからな。精霊を使役できる可能性はある」

期待通りの返答に俺は拳を握り締める。

「どうすれば精霊が視えるようになるのでしょうか？」

この村には全部で百人ほどのエルフが存在しているのだが、実際に精霊を使役し魔法が使えるのは二十人ほどらしい。

つまり五人に一人しか精霊を視ることができないということになる。

ヨミさんはアゴを撫でると答える。

「精霊を視るには【魅力】を高めることじゃ。ステータスが高ければその【魅力】に惹かれて精霊が集まってくる。精霊視は集まってきた精霊の数が多いほどはやく開眼することができる眼なのじゃ。なので魅力が足りないエルフは狩りなどをしてレベルを上げていくうちに、いつの日か精霊を視ることができるようになる」

そう言ってヨミさんは険しい目を俺に向けると、

「エルト君はまだ若い。ここでしばらく修業をしていけば、いずれは精霊視が使えるようになるじゃろう。じゃが、その道は簡単ではないぞ？」

念を押すヨミさんに俺は……。

「なるほど、よくわかりました」

・虹の果実×１０８（食べると魅力が１００増える）

ステータス画面を見ながら答えた。


俺はヨミさんとの話を終えると、セレナが作ってくれた朝食を摂った。

昨晩の宴会でもそうだがセレナは料理が上手で、香草を混ぜ込んだ焼きたてのパンはとても美味しかった。

「さて、どこにあるのかな……？」

そんなわけで、泊めてもらった上に食事までごちそうになったのだから何かお返しをしたかった。

俺はヨミさんに何か手伝えないか聞いたところ、病を治すためのハーブを採ってきて欲しいと言われたのだ。

「見本がこれか……」

ヨミさんから受け取ったのは【ブルマリー】という青いハーブだ。

俺は村を出ると一人で森をさまよっているのだが……。

「おっ、それっぽいの発見！」

少し歩いたところで、そこらにブルマリーが生(は)えていた。

俺はそれを採ろうと手を伸ばすのだが途中で止める。

「そういえば、セレナが良く似た植物もあるから気をつけろと言っていたな」

【ブルマリー】によく似た色と形をしている草があるらしく、その名を【パチマリー】というらしい。毒があるわけではないが、食べても苦いだけで薬としての効果がないらしく、ヨミさんには不要な物らしい。

「確かに似ている気がするが、見分けられるのか、これ？」

毎日ハーブを摘んでいるセレナならわかるのかもしれないが、俺の目には全く同じに見える。

「ここで間違えて摘んで帰ったら二度手間だよな……」

俺は少し悩むと……。

「そうか！　この方法があったな」

その場のすべてをストックに収納する。
・ブルマリー×35
・パチマリー×117
「圧倒的にパチマリーが多い……」

俺がやったのはストックに保管してアイテム名を表示するやり方だ。

こうしておけば種類でまとまるし、パチマリーがあっても除けられると考えたのだが、予想通りだった。

「とりあえず、このパチマリーは捨てておくか」

俺はパチマリーを取りだすと地面に積み上げておいた。

「さて、どれだけ欲しいか言われてないが十分集まっているとは思うんだが……」

あまり遠くに移動して迷ったら困る。俺がそろそろ戻ろうか悩んでいると…………。

――ギチギチギチギチギチギチ――

「何だこのモンスターは？」

二足歩行で腕が無く、俺の胸ぐらいの大きさだ。特徴として顔の真ん中にある巨大な目と裂けた口からギザギザした歯が見える。

何やら声を出してこちらを見ているのだが、特に襲い掛かってくる様子はない。

俺は不気味に思いつつも剣を取りだす。

――ギギギッ――

モンスターの目が怪しく輝く。

「っ！　なんだ？」

咄嗟に防衛本能が働いた。今の一瞬で何かを仕掛けてきたのだ。


――ギチギチ？――


首を傾げるモンスター。いったいどういうつもりなのか？

「……もしかすると」

俺はふと思いついたことがあるのでステータスを見てみる。

・解析眼×1（対象のステータスを覗くことができる）

「なるほど。今の違和感はこれか」

目の前のこいつにスキルを使われていたようだが、俺が咄嗟にストックしたことで効果を発揮しなかった。こいつはそれが不思議だったらしい。

「とりあえず、こいつが何なのか見ておくか」

俺は早速【解析眼】を使ってみる。

種　族：モンスター
個体名：ブラッドアイ
レベル：522
体　力：1020
魔　力：834
筋　力：937
敏捷度：1200
防御力：900
スキル：解析眼
備　考：解析眼で獲物のステータスを看破してから襲ってくる。ブラッディオーガやダークウルフなどと行動を共にすることが多い。

「なるほど、そういうモンスターだったか」

こうして向かい合っている間にもどんどん解析眼が溜まっていく。どうやら俺のステータスが見られないことで、むきになっているようだ。

「それにしても思いのほかレベルが高いな……」

街にいた頃、騎士のレベルなどが公表されることがあった。

熟練と言われた騎士でもレベルは197だ。だが、それに比べて522というのは明らかに化け物だろう。

「まあ、それは今の俺にも言えるんだが……」

邪神に続いてブラッディオーガまで倒したのだから高いのは当然だ。

「薄々感づいていたが、もしかしてこの辺って敵が恐ろしく強いのではないか？」

フィルにしても動きは追えたが、レベル差があるならもっと圧倒できてもおかしくなかった。

「さて、どうするかな……」

もう十分な解析眼をストックしている。これ以上は仲間を呼ばれる前に片付けておくべきだろう。

俺は神剣ボルムンクを構えると……。

「悪く思うなよ」


――ギチギチ……ギ……？――


一足飛びで懐に入ると、その目玉を突き刺した。

「レベルが10上がったか」

俺はステータスを開くと、たった今手に入れたスキルを見る。

・解析眼×６６６

「これがあれば、エルフたちの魅力のステータスがわかるな」

俺が悩んでいたのは、急激に魅力を増やしてしまうと怪しまれないかという点だった。

邪神関連の話をすると信じてもらえないと思ったのでしていないし、ステータスアップの実についてもそれを抜きにしては説明し辛い。

なので、できる限り自然になるように魅力のステータスを伸ばして精霊視を手に入れたいのだ。

「とりあえず、セレナあたりの魅力を調べてみるか」

セレナはフィルほどには精霊を使役できないという話だし、一番観察しやすいからな。セレナに近い数値まで魅力を上げて、あとは様子を見よう。

俺はそう考え、ブラッドアイの死体を回収すると村へと戻っていくのだった。

★

「ねえ、お兄ちゃん」

膝を抱えながらセレナはフィルに話しかけた。

「どうした。セレナ？」

　剣を振っていたフィルは振り返ると汗を拭う。

「エルトって変だよね？」

　その問いにフィルは眉をピクリと動かす。

「まあな。あんな人族見たことがない」

　先日のふるまいをみてフィルは頷いた。

「エルトってここがどんな場所かわかってないよね？　普通にハーブを採りに行ってるし」

「世界の果てと呼ばれる迷いの森。現れるモンスターはすべて凶悪で高レベル。人族の間では入り込んだら生きて出られないと有名らしいからな」

「私たちぐらい高レベルでも倒せないブラッディオーガも倒したし、何より……優しぃし」

「ん。何かいったか？」

　小声だったので良く聞こえなかったので聞き返したフィルだが、セレナは慌てて手を振り、

「ううん、なんでもないよっ！」

　そう答えると表情を柔らかくする。

「そういえばお前、宴の時にエルトと話していただろ。どんな話をしていたんだ？」

「エルトの故郷の話がほとんどかな。……尊敬する幼馴染みがいるらしいわ」

　その時ばかりはセレナの表情にかげりが見える。彼女は気をとりなおすと、

「お兄ちゃんもエルトのことが気になるの？」

普段他人のことなど聞いてこないフィルにしては珍しかった。

「そりゃな、突然現れたかと思えばブラディーオーガを倒すし、あれで隠せているつもりなのかもしれないが持っているアイテムが異常だ」

幻と呼ばれるワインに見たこともないような素晴らしい剣。いくらエルフが人族のことを知らないにしても、あのような存在が異質なのは断言できる。

「で、でもきっと悪い人じゃないよっ！」

セレナは焦ると必死にエルトをフォローした。

「まあ、そうだろうな。とりあえずあいつも話したくないみたいだし、お前もあまり隠してることを聞きだそうとするなよ？」

「わ、わかっているわよ」

セレナはそう言うと溜息を吐き、

「はやく戻ってこないかなぁ」

待ちわびるように村の入り口を見つめるのだった。

★

ハーブの採集から戻ってみるとちょうどセレナが昼食を用意しているところだった。

俺は彼女にブルマリーを渡したのだが「こんな短時間でこの量を……?」と大層驚いていた。

それからしばらくの間、何をするでもなくセレナが料理している姿を後ろからみている。

均整のとれたスラリとした身体は、森で生きるエルフらしく引き締まっている。だが、セレナ全体を見ると女性特有の柔らかなシルエットが浮かび上がり、彼女が魅力的な存在なのだと認識をする。

これが【魅力】のステータスによるものなのだろうか?

俺がそんなことを考えていると……。

「え、エルト?」

セレナが振り返り、俺に話し掛けてきた。

「どうした?」

なぜか耳を赤くしているセレナ。種族の特徴として耳が尖っているので、色づいているのがはっきりと見えている。

「そんなにじろじろ見られたら恥ずかしいんだけど」

彼女は俯くと気まずそうにそう言った。昨晩の温泉では堂々としていたようなのだが……。

「ああ悪かった。ただちょっと気になってな」

俺は謝って、見ていた理由を簡潔に述べると、

「ふ、ふーーん。そうなんだ……」

視線を逸らされた。だが嫌がられてはいないようだ。

観察していると、動きの機敏さから何となくの実力が見えてくる。

あまりじろじろ見ていると本人も気になるようなので、俺は解析眼を使うことにする。

「……ん？」

使った瞬間、セレナが何やら首を傾げた。だが、すぐに料理へと戻っていく。

俺と同じで仕掛けられた瞬間に違和感を覚えたらしい。セレナが鋭いからなのか、全員が同じなのかは今後の検証が必要になりそうだ。

俺は早速結果を覗いてみると……。

名　前：セレナ
称　号：エルフ・精霊使い
レベル：250
体　力：260
魔　力：401
筋　力：255
敏捷度：450
防御力：300

魅　力：1000
スキル：料理Lv5　精霊使役（5／5）

なるほど。魅力が1000あれば精霊視の条件は整いそうだ。俺はそう考えると後でステータスを調整することにする。

「しかし……」

気になったのは全体のステータスだ。先程倒した目玉に比べて随分と低い。これではあれと遭遇したら逃げ切れないのではないか？

「セレナ」

「どうしたのエルト。そんな真剣な顔をして」

「これから外に出る時は俺と一緒に行こう」

「え、エルトがそう言うなら……構わないわよ」

彼女の身の危険を慮（おもんぱか）っての発言なのだが、なぜか顔を赤らめてしまった。右手で髪を弄（いじ）りながらチラチラと見てくる。なんなのだろうか？

その後上機嫌になり料理をしているセレナを見ていたが、ヨミさんとフィルがテーブルに着いたので二人と会話をするのだった。

「はっ！　せいっ！」

気合を入れて神剣ボルムンクを振り下ろす。

「いいぞ。だいぶ教えた型が身についてきたな」

あれから数日が経ち、現在は精霊視を開眼させるついでにフィルから剣を教わっている。

「剣を扱う時は自分の振る速さと範囲を常に意識しておくことだ。その二つを把握することで敵に対して無理な攻撃を行うことがなくなる」

俺はフィルの言葉を真剣に聞きつつ彼をずっと見ている。

「わかった。意識してやってみるよ」

そう言いつつフィルから目を離さない。なぜかというと、精霊視は多くの精霊を視ることで開眼するのだ。

フィルの魅力のステータスは１５００と高く、ヨミさんに至っては２０００だった。彼らのステータスも覗かせてもらったのだが、セレナのように気付いたように見えなかった。現時点ではセレナの勘が鋭いということにしておく。

高位の精霊使いほど精霊が集まるので、フィルやヨミさんを観察するのは時間短縮にも繋がるはずなのだ。

俺は虹の実を食べて魅力のステータスが１０００になるように調整していた。

「それにしてもブラッドアイまで近くで目撃されるとはな……。出会ったのがエルトじゃなかったら怪我人が出るところだ」

先日、モンスターと遭遇したことをヨミさんとフィルに話してある。

二人が驚いていたことから、あのモンスターとの遭遇は異常事態だったようだ。

セレナの一人外出は危ないので俺が護衛につく話をすると二人は是非にと頼んできた。肝心のセレナはその話を聞き「そういう理由だったんだ……」となぜか浮かない顔をしていた。

「そもそもブラッディオーガの生息場所も、本来ならもっと森の北側なんだよ。最近迷いの森のモンスターの動きがおかしい気がする」

北の森といえば邪神の城があった辺りだ。もしかすると邪神を倒した影響ではないか？

そう考えはするが、どういう理由でそうなっているのか俺にはわからなかった。

「とにかく村の警備を強化して様子を見るしかないだろう。俺でよければ手を貸すから遠慮なくどんどん言ってくれ」

村のエルフたちも親し気に話しかけてきてくれる。彼らを守るためなら及ばずながら力を出すつもりだった。

「お前は本当に人族とは思えないくらい良い奴だな」

フィルはそんな俺に笑顔を向けるのだが……。

「だが妹はやらんからな？」

なぜか良くわからないことを言って睨みつけてくるのだった。

★

「どうじゃなオババよ？」

　水晶に手をかざした占い師は眉をひそめると……。

「間違いありませぬ、国王様。エルトなる少年は生きておりますぞ」

　その場の全員が息を飲んだ。周囲からはひそひそ声がする。その中の言葉を拾うと「いったいどうして？」「生贄の身でどうやって生き残った？」「邪神からの要求はないのか？」

　混乱が広がらぬように王国でもごく一部の人間のみが集められている。そんな中……。

「やっぱりエルトは生きていたっ！　ああ……エルト。良かったよぅ」

　アリシアは涙を浮かべて喜んだ。

　今回の件だが、アリシアが転移魔法陣がまだ稼働しているのを発見し、その事実を報告した。イルクーツ王国としても今年の生贄の儀式は終わったという認識だったので、まさに寝耳に水だ。

　そんなわけで国一番の占い師に依頼をして、エルトの生存を確認したのだ。

「それでオババ？　その少年はいずこへ？」

　アリシアと違い、国王としてはエルトが生きていてそれでおしまいとはいかない。

「その者の気配は…………地図をここにっ！」

慌てて一人の人間が地図を持ってきてテーブルに広げる。

占い師はその地図に指を這わせる。

まずイルクーツ王国のある場所を指さす。イルクーツ王国は大陸の東に位置する中堅国家だ。そこから占い師は指をぐるりと大きく回し西まで持っていく。大陸の真ん中にある海を避けるように指を這わせた。

「ここは……」

眉をひそめるアリシア。その指の移動距離からそうとう遠い場所だと認識したからだ。

「エリバン王国の領地ですね。この深い緑が示すのは入れば生きて帰ることはかなわないと言われている強力なモンスターの巣窟【迷いの森】。生贄の少年がいる場所はここだと私の占いで出ております」

先程と同じような衝撃が走った。

「そうすると、その少年はまもなく死ぬのでは？」

「転移魔法陣は邪神の下へと送られる魔法陣。つまり邪神はエリバン王国に根城を構えているということか？」

「いずれにせよ手出しできる場所ではありませんな」

重鎮たちが渋い顔をしながら意見を交換しているのだが……。

「エルトは死にませんっ！」

そんな彼らの話し合いをアリシアは遮った。

「邪神の生贄に捧げられても生きていたんです！　エルトはきっと今も元気でいるに決まってます！」

最悪の予想が浮かんでしまったのか、アリシアは涙を浮かべるとその場の全員を睨みつけた。

イルクーツ王ジャムガンは自分のひげを撫でながらアリシアを観察していた。そして……。

「ここで話をしていても仕方あるまい。これまで我が国を苦しめていた生贄制度。それがここにきて異常をきたしたのだ。邪神からの追加の要求もない」

いずれにせよ情報が足りない。ジャムガンはそう考えた。

「その少年の生死についてはわからぬが、打てる手は打っておくべきだろう。……アリス」

「はい。お父様」

名前を呼ばれて一人の美しい女性が前に出る。この国の王女のアリスだ。

「お前はすぐにエリバンへと向かうのだ。そこで情報を収集し、例の少年がどうなったか調べろ」

今回の件は極秘に片付ける必要がある。そのためには王国最強と名高い自分の娘を向かわせるのが最善とジャムガンは考えた。

「かしこまりました、お父様。その御命令、確実に遂行してみせます」

凛とした様子でお辞儀をするアリス。彼女は早速任務を遂行するために部屋を出ようとするのだが……。

「まっ、待ってくださいっ！」

　アリシアがそれを遮った。

　彼女はアリスの前まで駆け寄ると……。

「私も連れて行ってください。癒しの魔法が使えるので足手まといにはなりません！」

「治癒魔法の使い手なら宮廷魔道士がいます。場合によっては迷いの森近くまで行く可能性がある。あなたはそんな危険な場所についてくると？」

　エルトはただの街人なのでこの手の情報には疎かったが、迷いの森の悪名は冒険者の間で広く知れ渡っている。アリシアは治療の傍ら彼らと話す機会があったので、その恐ろしさは十分に知っていた。

「覚悟の上です」

　少し脅せば引き下がるだろうと思っていたアリスだったが、アリシアの真剣な瞳を正面から受け止めた。

「なぜそこまでするの？　エルトという少年は、あなたの身代わりに生贄になった。つまり今のあなたは役割を果たして安全な身なのよ。それをわざわざ危険を冒してまでついてくるなんて」

　国への献身が認められたアリシアは、その容姿も相まってか貴族からの縁談が舞い込んでいる。このまま国に住み続ければ裕福な生活が保障されているのだ。

それを放棄しようという行動にたいし、アリスは問いかけた。

「そんなの決まっています、王女様」

アリシアは強い意志を持ってアリスを見つめると、誰もが見惚れそうな笑みを浮かべて宣言した。

「私がエルトに会いたい。エルトに会って伝えたいことがある。だから私はどんな場所だろうと構いません」

「気に入ったわ。あなたを従者に任命します」

「ア、アリス様、宜しいのですか？」

一人の重鎮が詰め寄ってくる。彼は自分の息子とアリシアをくっつけようと計画していたうちの一人だ。

「構いません。すべての責任は私がもちます。もともと戦闘なら一人で十分ですから。このプリンセスブレードがある限り、私に敵はいません」

そういうと腰にかけている剣を見せつけた。

「ありがとうございます、王女様」

「アリスでいいわよ。あなたはこれから私の旅の仲間になるのだから」

アリスは腰を落とすと、アリシアと同じ目の高さに揃えるとウインクをした。

「どうしてそこまでしてくれるんですか？」

自分でお願いしたものの、手を差し伸べてくれる意味が解らない。アリシアはそう疑問を口にする。

アリスはふと笑みを浮かべると、

「あなたがいれば彼の顔がわかるし、それに……」

そこでアリスは唇に手を当てて微笑む。

「あなたとエルト君に興味を持ったからかしらね」

★

「あっ、エルト、次はこっちに行きましょう。美味しい果物が実った木があるのよ」

「慌てて走ると転ぶぞ」

はしゃぐ様子でこちらを見ながら走るセレナを俺はたしなめる。

「平気よ。私にとってこの辺は庭みたいなものだもん」

元気に動き回るセレナだったが、枝がスカートに引っかかりバランスを崩す。

「きゃっ！」

「ったく。だから言ったのに」

俺は転んだセレナに手を貸すと起こしてやった。

「いたた……」

「怪我はしていないか？」

「うん、平気だよ。ありがとうね」

起き上がるなり俺から手を放すとスカートの土を払う。

「どうした？　前を歩かないのか？」

隣を歩き始めたセレナに俺は聞くと、

「うん、次に転んだらエルトが抱き留めてくれるかなと思ったから」

なぜか転ぶ前提で話を進めるのだった。


「大分果物もストックできてきたな。あとは動物の肉なんかも欲しいところだ」

俺は現在、この迷いの森を抜けるための準備をしている。

一応地図はもらう予定だが、抜けるまでにどれだけ時間が掛かるかはわからない。あらかじめ食糧を充実させておくつもりだ。

そんなわけでセレナに案内をお願いしたところ二つ返事で了承されたので、こうして収集場所を案内してもらっている。

「動物といってもこの辺だとモンスターぐらいしかいないいんじゃないかな？　弱い生き物はこの森で生きていくのは不可能だし」

セレナは口に手を当てるとそんなことを言った。

「セレナの基準でいいんだが、美味しい肉のモンスターっているか?」

ずっと果物だけでは飽きてしまう。俺が聞いてみると……。

「それなら、ドリル鳥とかチャージ牛とかかなぁ?」

「それってどんなモンスターなんだ?」

「えっとね、ドリル鳥はクチバシを回転させながら飛んでくる鳥で、まともに受けたら身体に穴が開くの。チャージ牛は凄い力で突撃してきて受けたら身体に穴が開くの」

どちらにせよ受けたら穴が開くらしい。

「それ、俺で倒せると思うか?」

この辺で主食なのかもしれないが、俺が相手にできるかは未知数なので聞いてみると、

「うん、平気だと思うよ。エルフの皆で狩る時はお兄ちゃんを前衛にして数人がかりで倒すんだけど、エルトなら一人でも余裕だよ」

信頼に満ちた笑みを俺に向けてくる。

「まあ、やってみるか……」

どちらにせよ美味しい肉の前に、やらないという選択肢はない。俺はセレナに乗せられた形になるがチャレンジすることを決意した。

「とりあえず数は十分に確保できたかな？」

あれからセレナの案内でモンスターの巣に案内された俺は、ドリル鳥とチャージ牛をそれぞれ十匹ほど狩ってみた。

「十分どころじゃないよ。私たちが一匹倒すのに苦労してるのに全部一撃で倒したよね？」

セレナが言うほどモンスターは強くなかった。やはりブラッディオーガやブラッドアイはこの辺では別格に強かったらしい。

フィルから教わった剣術もしっかりと身についていたようで、確かな感触があった。

「俺の分はそれぞれ一匹いれば十分だ。後は村の皆で分けてくれ」

なので、手に入れた肉に関しては世話になっている村の皆に提供する。

「うーん、こんなに大量だと消費しきれないかな……。そうだ！　日持ちするように加工しよっと」

セレナは名案とばかりにポンと手を叩いた。


「ふんふふーん」

機嫌よさげにナイフを使ってドリル鳥を解体していく。

ここは村の作業場で、セレナはテーブルで次々と獲物を解体していた。

「セレナ。とりあえず全部ぶら下げたぞ」

「あっ、うん。そっち行くね」

彼女はそう言って俺の傍までくる。彼女の指示で解体した肉を縄で吊るしておいた。

「うん、いい感じに吊るせているね。じゃあ早速っと……」

彼女は目を瞑ると何かに話しかけている。

「火と風の精霊よ。お願い！」

するとセレナの下から温かい風が吹き始め、生肉を揺らし始める。すると生肉に変化が起こる。

風を吹き付けることで表面が乾燥しはじめたのだ。

「これが精霊の力か。便利なものだな」

「本当はじっくり天日干ししてやるんだけどね、火の精霊に熱を出してもらって、その熱を風の精霊に風で送ってもらっているのよ」

どうりで暖かいわけだ。しばらくすると肉の表面から水分が完全に失われる。セレナは精霊に命じ温風を止めると。

「さて、とりあえず次に行きましょう」

俺は肉を回収してついていく。

次に到着したのは屋根があるだけの広場だった。いくつか箱のような物が置かれていて取っ手が付いている。セレナがその取っ手を引っ張り中が見えると、フックが何本もぶら下がっていた。

「セレナ、ここは？」

　俺が質問をするとセレナは肉を吊り下げてから振り返る。

「ここは燻製を作るための場所なのよ。肉とか多めに狩った場合、そのままだと長期保存ができないからね。水分を飛ばした後で煙で燻すことで長期保存して備えるの。エルトはやったことない？」

「燻製か。食べたことはあるが、俺自身はやったことがない」

　街で暮らしていると、そういったものは買ってくるので自分で作ることはない。

「もしよかったら俺にもやり方を教えてくれないか？」

　俺は興味を惹かれるとセレナの後ろに立つ。

「ええ、いいわよ。ここには様々な木から作ったチップがあるの。ウイスキーゴブリン、グルミ、ゴッコル、ドラゴンウォークとか」

「それはどれがいいんだ？」

「苦みを加えたければドラゴンウォーク。軽めが好みならゴッコルとかね。エルトはどっちが好きかしら？」

　チップ一つで味付けが変わるらしく、俺は悩む。

「どちらかと言えば苦めが好みかな？」

「そう。じゃあドラゴンウォークにしましょうか」

セレナはそう言うと木のチップを下に並べると火をつけた。

「なかなかに凄い煙の量だな」

下から煙が上がり上に抜けていく。煙を逃がさないためにこうした箱型を用いているのだと気付いた。

「あとは一昼夜燻せば完成ね」

「なるほど……」

俺が興味深く、しばらくその様子を観察していると……。

「エルト、こっち向いて?」

「うん? ムグッ!」

口の中に何やら熱いものが突っ込まれた。セレナはご機嫌な様子でフォークを引き抜く。俺はそれを噛み切ると肉汁と共に肉の旨味が口いっぱいに広がった。

「これがチャージ牛のステーキよ。残りは燻製にするつもりだけど、せっかく新鮮なんだから少しは食べないとね」

いつの間にか石のテーブルを熱して、そこで肉を焼いていた。肉が焦げる匂いが漂ってきてもっと食べたくなる。

「うん、やっぱり美味しい。エルトには感謝ね」

同じフォークを使い、セレナはステーキを食べると頬に手を当ててとても幸せそうな顔をしていた。

「これは確かに美味いな。俺ももっともらっていいか？」

「もちろん。どんどん焼くから食べさせてあげるね」

こんな美味しい肉、街で食べたことはなかった。このあと俺とセレナは燻製を作りながら二人で肉を食べ続けるのだった。

「なん……だ……？」

急に目の前の視界が変化した。急激に光が押し寄せ眩しさで目を細める。そこら中に鮮やかな光が浮かんでおり、不規則に動き回っている。

俺がその光景を眺めていると……。

「エルト君。もしや目覚めたのか？」

ヨミさんはスプーンを片手にそう言った。俺がそちらを向くと全身を覆うオーラのようなものが見えた。

「えっ、もう？　だって、まだ二週間しか経ってないわよ？」

正面ではやや薄いオーラを纏ったセレナが驚きの表情を浮かべていた。彼女は片手にパンを持っている。

「いや、エルトのオーラも増していたからな。俺はそろそろだと思っていたぞ」

左ではフォークを片手にフィルが頷いている。ちょうど朝食を摂っている最中だったのだ。

「これが……精霊視という奴なのか？」

急に視界が変わったので混乱したが、予備知識があったのでそう推測する。

「うむ。これでエルト君も精霊を使役する資格を得たというわけじゃな」

ヨミさんの言葉に俺は頷くのだった。


「さて、今日から精霊の扱いについて訓練しましょうか」

朝食を終えると俺たちは村の広場へと集合していた。そこでは俺が精霊視を使えるようになったことを聞きつけたエルフたちが集まっていた。全員が大小のオーラを放っていることから精霊視を会得している者たちだ。話を聞くと俺に精霊について教えるために時間を作ってくれたようだ。

「ああ、宜しく頼む」

「まずは精霊の種類について説明するわね。この世界には実に多くの精霊が存在しているの。その中でも代表とされるのが【土】【風】【水】【火】の四属性精霊と【光】【闇】の精霊よ」

セレナがそう言うと精霊を使役できるエルフたちが前に出て、それぞれの精霊を見せてくれる。

「精霊には微精霊・下級精霊・中級精霊・上級精霊・大精霊・精霊王という呼び方があるわ。後ろの呼び名になるにしたがって世界に強い影響力を持ち、知性を持つようになるの」

「今の俺でも精霊を使役して風や火をおこすことはできるのか？」

俺の質問にセレナは首を縦に振る。

「そこら中にいる微精霊ならば簡単な火や風を起こすことはできるわ。でも、本格的に精霊を使役するには、まずその属性の精霊と契約する必要があるの。魅力のステータスが高ければ高いほど多くの精霊が寄ってくるわ。たとえば魅力が２００あるお父さんは上級精霊と契約しているの。兄さんは下級精霊を一属性と中級精霊を三属性。私は下級精霊三属性と中級精霊が一属性ね」

そう言って、それぞれの精霊を見せてくる。

「今周囲に浮かんでいる光は皆と違う形をしているな。これが微精霊なのか？」

それぞれが具現化しているのは下級精霊にしろ中級精霊にしろ人の形をとっている。

「ええそうよ。可愛いでしょう？」

セレナはそういうと周囲に漂う微精霊に手を伸ばし微笑む。

「精霊はお互いが合意をして名前を付けることで初めて契約することができるのよ」

俺の疑問に対してセレナが補足説明をしてくれた。

「皆の精霊も名前を付けて今の精霊と契約したのか？」

「そういう人もいるけどそうじゃない人もいるわ」

「というと？」

俺は首を傾げると詳しい説明を求めた。

「すでに名前を持った精霊を直接使役する場合もあるのよ」

「それはどういう状況なんだ？」

「たとえば誰かが契約している精霊を譲り受けたりとかね」

世界には無数の精霊が存在しているが、契約しているのはその一部に過ぎない。精霊は長い年月をかけて存在を高めていくので、育ててきた精霊を子どもに託したりすることもあるそうだ。

「魅力が高い人は多くの精霊に好かれるようになるわ。本人の資質にもよるけどコスト枠が足りていればいきなり上級精霊と契約できる人もいるのよ。だから譲り受けるのは例外ね」

コスト枠というのはセレナのステータスを見た時にあった（5／5）という部分だろう。これがヨミさんの場合は（10／10）、フィルなら（7／7）だったことから魅力が高い者ほどコスト枠が大きいということになる。

単純計算ならば魅力２００ごとに一の枠ということだろう。

もともと俺がここに滞在して精霊視を覚えたのは、この迷いの森から出るためだった。精霊ならば方向感覚が狂うことがないらしく、森を抜けられるとのこと。

なので、精霊と契約できる条件が整った時点で森の脱出を実行に移してもよいのだが……。

「まずは、その辺の下級精霊に名前を付けて契約して徐々に力と魅力が高まってきたら、中級精霊や上級精霊と契約するのが普通のやり方よ」

だが、どうせならそれなりに強い精霊と契約する方が良い。

今のところ遠距離攻撃をできるのは邪神のスキルのみなのだ。これから森を抜けるにあたって遠距離攻撃が必要になる場面があるだろう。できることなら邪神のスキルはなるべく使いたくはない。邪神が滅んでしまっているので回数を補充できないからだ。

森を抜けるまでにブラッディオーガなど邪神スキルで倒さなければいけない相手に遭遇することが考えられる。その時に精霊を使役できるかどうかで消費回数に差が出ると思った。

「セレナ」

「ん。なぁに?」

セレナの精霊との契約の仕方や成長のさせ方についての説明を遮ると俺は言った。

「この辺で強い精霊に会える場所に案内して欲しいんだが」

「はいっ⁉」

セレナは驚きの声をあげるのだった。

「エルト、こっちよ。はやくきて」

数時間後。俺とセレナは強い精霊を求めて村の東へと向かっていた。

「ちょ、ちょっと待ってくれ……。視界が眩しくてセレナが良く見えないんだ」

精霊視を覚えてからというもの、周囲を微精霊が飛び回っているのが見えてしまう。そのせいで視界が覆われてしまい、足場の悪い場所を歩くと転びそうになっている。

「そっか……そういえばエルトにはオーラの抑え方を教えてなかったわね」

「オーラの抑え方？」

俺はセレナの言葉を聞き、首を傾げる。

「私たちも常にオーラを出しているわけじゃないの。オーラが出ていると、それを好んで微精霊が集まるでしょ？　そうすると眼を使うことになって疲れちゃうし。必要がない時はオーラを閉じるのよ」

「でも俺が精霊視を得た時全員光ってなかったか？」

セレナの説明に俺は首を傾げてみせた。眼が開いた時には全員がオーラを纏っていて、そこら中に微精霊が漂っていたのだ。

「それはエルトのためよ。精霊視を覚えるには多くの精霊を視る必要があるから。私たちの村で精霊視を使えるエルフは全員、エルトが開眼しやすいようにオーラを出して微精霊を集めていたのよ」

その説明で納得する。精霊視を覚えるためには微精霊が必要だったが、皆こっそりと協力してくれていたようだ。

「皆にはお礼を言わないとな」

温かいものが流れる。俺は心の中で感謝をしていると、

「お礼はいいわよ。エルトが来てからなんだかんだ皆楽しそうだし。この前だって大量の食糧を用意してくれたしね。こっちだって良くしてもらってるんだからおあいこよ」

自然と笑みを浮かべると、俺はセレナに質問をする。

「それでどうやってオーラを閉じればいいんだ？」

「今エルトの身体からオーラが湧きあがっているでしょ？　その全身から出ているオーラを身体の中にとどめるようにイメージしてみて」

言われるままに行動してみる。すると……。

「うん、いい感じね。さすがエルト、慣れるまでもっと掛かると思ったのに教えてすぐできるなんて」

セレナのその言葉とともに視界から微精霊が薄くなり消えていく。

「とりあえず、そんなところでいいわね。あまりオーラを消し過ぎると、いざという時精霊を呼び出すのに時間が掛かっちゃうし」

なるほど、このオーラの出し入れには慣れる必要がありそうだ。

「それじゃあ、動きやすくなったところで改めて行くわよ」

俺はセレナに従い、迷いの森を歩くのだった。


「ここが風の谷と呼ばれている場所よ」

そこは螺旋（らせん）状の階段がどこまでも深く続いている場所で、一見すると地の底が見えない。

「ここに強力な精霊がいるのか？」

「多分ね。ここは風の精霊たちが好んで住み着く場所で、下に行けば行くほどに強い風が吹いているの。ここなら上級精霊にだって会える可能性があるわ」

下からは「ヒョオオオオオオオ」と風を切る音が響いている。眼を凝らしてみると緑色をした物体が飛び回っている。それら一つ一つが風の精霊なのだ。

「いい。エルト？　ここはどれだけ奥深くまで続いているのか確認したエルフがいない場所なの。下りて行ってこれ以上無理だと判断したら戻るわよ？」

セレナが真剣な瞳を俺に向けると忠告してくる。俺はその言葉に頷く。

「ああ、わかった。セレナの判断に従うと約束しよう」

「宜しい。それじゃあ行くわよ」

俺が頷いたことに満足したのか、セレナは俺の手を握ると階段を下り始めるのだった。

★

『また性懲りもなく何者かが力を求めに来たか？』

自分のテリトリーに侵入する者の気配を感じると、ソレは瞼を開いた。

『ヒトは愚かだ。傲慢にも我らを従えられると思っているらしい』

この世界に顕現してから数千年。これまで多くのエルフがソレの力を欲し、谷底を目指した。

『だが、辿りつけた者はわずか』

下りるほどに精霊の力が強くなり、風が吹き荒れている。それに飛ばされないためには並外れた力が必要になる。

『仮に辿りつけてもそれで終わる』

それでも地の底まで下り切ったエルフは過去に何人もいた。だが、地の底でソレに出会い絶望する。

『今度の侵入者はここまで辿りつけるのか？』

ソレの興味はそこで尽きた。どうせ自分の下に辿り着いたとしてもどうにもならないからだ。

『分不相応な力を求めるからにはそれなりの代償を与えてやる』

そう呟くとソレは瞼を閉じた。そのものは数千年の間こう呼ばれていた。

――風の精霊王ヴァルセティ――

★

「光の精霊よ……お願い」

セレナの掌の上に白く輝く精霊が姿を顕す。その精霊はセレナの言葉を聞くとボールほどの大きさの光の玉を宙に浮かべた。

「これが光の精霊か……。便利な力だな」

セレナは風と火と水の下級精霊と光の中級精霊と契約している。

コスト的にはそれぞれの下級精霊一体につき1、中級精霊が2だろうか？

光と闇の精霊は四属性の精霊に比べて強力な力を扱えるらしい。

「さて、それじゃあ下りていきましょうか」

セレナは光を浮かべながら階段を下り始める。

俺はその後について風の谷へと足を踏み入れるのだった。

「大分……風が強くなってきたわね」

セレナは両手で髪とスカートを押さえる。

だが、そんな抵抗もむなしく強風が吹き荒れていて、スカートが揺れるせいで白い太ももが露出している。

「そうだな、ここらが限界か？」

結構な距離を下りたのだが、底が見えない。

この辺にいる精霊ならば、そこそこの強さがあるのではないかと俺は考えるのだが……。

「も、もう少し下りようと思えば下りられるわよ」

セレナは顔を赤くするとチラリと俺を見た。

「それができるなら申し分ないが、何か難しいことでもあるのか？」

何かを躊躇うような表情に俺は眉をひそめる。

「別に難しくはないわ。ただ、風の精霊にお願いして加護を得なければならないの。そうすれば風の影響を抑えることができるから、まだ進めるってだけよ」

「それは凄いな。是非やってくれないか？」

俺の依頼にセレナは……。

「コホン。エルトの頼みじゃ仕方ないわね……」

なぜか俺に抱きついてくる。

「どうしたんだ、セレナ？」

俺の胸にセレナの胸が押し付けられる。至近距離から見るとセレナは耳まで真っ赤になっていた。

「か、風の加護は威力を上げると範囲が狭くなるのよ。だから強風から身を守る威力にするとなると、どうしてもくっつくしかないのよ。私だって恥ずかしいんだから我慢してよね」

セレナの心臓の音がこれでもかというほどに響いてくる。自身の恥ずかしさを押し殺して俺に協力してくれているのがわかった。

「すまないが頼んだ」

ここで俺まで取り乱してしまうとセレナが余計に恥ずかしい思いをする。

俺は何とか平常心を保つことを心掛けると、セレナと密着するのだった。

風のぶつかる音がする。加護の外では強風が吹き荒れ、周囲には粉塵が舞い上がっていて視界も定かではなかった。

だが、俺たちはセレナが使っている風の加護のお蔭でそれらに巻き込まれることなく進むことができていた。

「セレナ、大丈夫か?」

現在はセレナの肩を抱く形で階段を下りている。

「う、うん。平気だよ」

顔が赤く熱を発しており俺と目を合わせない。完全に調子がおかしそうなのだが……。

本当の限界は本人にしかわからないだろう。

まだ平気という言葉を信じて階段を下りていると、

「ねえエルト。聞いてもいい？」

セレナが真剣な声で質問をしてきた。

「なんだ？」

「エルトは迷いの森を突破するために精霊の力を求めたのよね？」

「そうだな。他には戦える力が欲しかったのもあるが、一番の理由はそれになる」

「迷いの森は人間の侵入を阻む天然の迷路よ。たとえ精霊の力があったとしてもモンスターの脅威は存在する。一人で行動する以上、ろくに休むこともままならず身を危険にさらすことになるわ」

セレナは深緑の瞳を揺らす。

「それでもエルトは出て行くの？　私たちの村に留まれば、これまでと変わらない生活を送ることができるんだよ？」

それはとても魅力的な提案だった。

セレナやフィルに他のエルフの皆と過ごした数週間。俺はこれまでにない温かさをもらっていた。

俺を人族として疎むわけでもなく笑顔で接してくれたのだ。

ここでこのまま生活できたら、どれだけ幸せなことだろう。だが……。

「それはできない。俺は森の外にでなければならない理由がある」

「どうしてそこまでするの?」

悲しそうな声がする。心なしかセレナの顔が近くなっている気がする。瞳が潤み、形の良い唇が視界に飛び込んできた。

「俺は幼馴染みの身代わりに邪神の生贄になった。結果として生贄が不要になったわけだが、国の連中はそれを知らない。だから俺は伝えに戻らないといけないんだ」

「その幼馴染みってエルトの恋人なの?」

予想外の質問に俺は一瞬固まるのだが……。

「いや、そういう関係じゃない。ただ、街で身の置き場がない俺に対して唯一優しくしてくれたのがアリシアだった。俺はアリシアに感謝の念を抱いているんだ。あいつがいなかったら俺はもっと孤独で、誰ともかかわることなく寂しい生き方をしていたと思う」

「ふーん、そうなんだ……」

何やら不機嫌そうな声をだす。心なしかセレナの歩調が速まった気がして俺は慌てて追いつく。

「私は……エルトがいなくなると寂しいな」

セレナは一歩先を行くと振り返り、俺にそう言ってきた。

これまでとは違い、どこか儚げで寂しそうな笑みを浮かべている。

光の玉が映し出すその姿は綺麗で、セレナを中心に微精霊が集まり幻想的な光景が出来上がっていた。

「私ね……エルト。私は……あなたのことが――」

これまでにない真剣な表情と緊張をはらんだ声。俺はセレナが何を言おうとしているのか聞き取ろうとするのだが……。

『我のテリトリーでイチャイチャするんじゃない‼』

セレナが口を開こうとすると何者かの怒鳴り声が聞こえてきた。

気が付けば俺たちは谷底に足をつけていたのだった。

「えっ？　えっ？」

何者かの声が響くとセレナは焦った様子をみせる。

「誰だっ⁉　姿を見せろ！」

俺はそんなセレナの腕を引っ張ると庇うように抱きしめた。こんな谷底で敵意を向けてくる相手に警戒心を抱いたからだ。

『我のテリトリーに無断で侵入しておいて図々しい奴。まあいい、殺す前に姿だけは拝ませてやるとしよう』

風が集まり目の前で竜巻が巻き起こる。俺とセレナはその風の前に目を細めるのだが……。

「お前が、俺たちに呼び掛けたのか？」

目の前に現れたのは緑の鱗を持つ十数メートルほどのドラゴンだった。

『いかにも。我は風を司る精霊の王。ヴァルゼティである』

人を丸呑みできそうなその口を開くとドラゴンはそう言った。

「嘘……でしょう？　風の精霊王？」

セレナはぎゅっと俺の服を掴むとそう呟いた。手が震えており恐怖しているようだ。

『矮小（わいしょう）なるヒトよ！　我が住み家にどのような目的で来た？』

セレナの言葉を聞いていたようで肯定して見せる。

「その前に一つ良いか？　精霊は上位になると人間に近くなると聞いた。だが、お前はどう見てもドラゴンだ。本当に精霊王なのか？」

「ば、馬鹿エルト！　なんてこと言うのよ」

血相を変えたセレナは涙目で俺を掴んできた。

『我ほどの存在ともなれば姿をいかようにも変えることができるのだ。我は人間が嫌いだ。それゆえこの姿をとっているのだ』

ドラゴンの眼が輝き、俺を射貫く。

「なるほど、納得した」

親切に教えてくれた精霊王に俺は頷くと、

「俺がここに来たのは強い精霊と契約を結ぶためだ。この地から脱出するには精霊の力がいる。

俺は故郷に帰るために精霊を欲しているんだ」

　先程の質問に答えてみせた。

『ふはははは、矮小なるヒト風情が笑わせる。我らを使役しようなど片腹痛いわっ！』

「ひっ！」

　ドラゴンの怒号にセレナは怯え、俺に強く抱き着いてきた。

『下らぬ……。大いに下らぬ。いきなり我のテリトリーでいちゃつき始めたかと思えば、その目的もふざけているとは……。貴様らは生きてここから出さぬぞ』

　ドラゴンは俺たちを冷めた瞳で見ると……。

『塵となり消えよ！　【ヴァーユトルネード】』

　ドラゴンがそう唱えると、ものすごい密度の風が放たれる。先程までの強風など比べ物にならない。地面を抉り、土を巻き上げながら迫る。受け止めようにも触れた傍から身体を削り取られるだろう。

『ふはははは、塵一つ残さんぞ！　我の前でいちゃついたことを後悔するがいい！』

　高笑いが聞こえる。俺は怯えるセレナの背中に左手を回してやると右手を出し……。

「【ストック】」

　目の前から【ヴァーユトルネード】が消失する。

『なんだとおおおおおーーーー!?』

俺がステータス画面を開いてみると【ヴァーユトルネード】という風の魔法がストックされていた。

「どうやら塵にはならなかったようだな?」

大口をあけて放心しているドラゴンに俺は話し掛けると……。

『ば、馬鹿な……。この攻撃魔法は邪神にすら傷を負わせることができたのだぞ……それを無傷で?』

その邪神のイビルビームですらストックしてみせたのだ。正直にいうと威力不足だと思う。

『そんなはずあるか! 今のは運が良かっただけ! たとえまぐれがあろうとこれだけ撃てばしのげまい!』

まるでどこぞの邪神さんと同じ発想だ。ドラゴンは力を溜めると連続してヴァーユトルネードを放ってくる。だが……。

「いくら撃っても俺には効かないからな」

次々と飛んでくる魔法は俺に当たることなく目の前で掻き消えていく。ドラゴンにしてみたら、何が何やらわからない状況だろう。

そうなると次の行動は——。

「こうなったら直接かみ殺してくれるわっ!」

やはりそう来るか。圧倒的強者というのは発想が似るものなのだろうか?

過去に同じ体験をしている俺は――。

――シュパーーーン――


一条の黒い光がドラゴンの横を走り抜けた。

『はっ？』

目が点になり、思わず固まるドラゴン。

「さっき言ったな？　俺たちのことを生かして帰さないと」

『い、今の攻撃は……あの時邪神が放った……そんなはずは……』

ドラゴンは後ずさると身体を震わせる。

「それはつまり、逆に俺がお前を殺してしまっても良いってことだよな？」

他人の命を奪うというのなら、当然奪われる覚悟もできているのだろう。

俺はイビルビームの照準をドラゴンの額に合わせる。

『待てっ！　待つのだっ！』

慌てた様子をみせるドラゴンに俺は無視してイビルビームを叩きこもうとすると……。

『貴様！　精霊と契約をしにきたのだろうっ！　我が契約を結んでやるっ！　だからそのビームを引っ込めろ！』

その言葉に俺はいったんイビルビームをしまうと、

「まあ、それなら攻撃したことは許しておくか」

当初の目的を達成するのだった。


「言っておくが、次に攻撃をしてきたら容赦なく撃つからな？」

『ははは、はいっ！　そんな滅相もないのですよ！　逆らう気などみじんもないのです！』

巨大な図体をこれでもかというぐらい縮こまらせたドラゴンは涙目になると頭を地面へと押し付け降伏のポーズをとった。

よほど怖いのか、先程までの偉そうな口調は鳴りをひそめている。

その様子をセレナは信じられないものを見るように放心していると、

「セレナ。そろそろ離れてもらっていいか？」

怖かったからなのだろう、これでもかというぐらい全力で抱き着いてきたので顔が近い。

「あっ……うん。ご、ごめんね」

パッと手を離すと顔を赤らめて離れていく。

『ちっ』

「何か不満でも？」

そんな俺たちをみてドラゴンが舌打ちした。

『ななな、何でもないのですよ。わ、我は不平不満を言わない精霊王で有名なのです』

頭を下げると縮こまる。

「まあいいか。それじゃあ早速契約をするとしよう」

『わかったのです。では我も本来の姿を現すのですよ』

「本来の姿？」

俺が疑問を口にしたと同時にポンッと音がしてドラゴンの身体が霧散した。そして煙が上がる。

「なんだっ⁉」

俺は警戒心を引き起こすのだが……。

「多分大丈夫よ、エルト。精霊の契約は人型でないとできないの。だから本来の姿に戻っただけだから」

時間が経つにつれ煙がはれていく。そしてその場に姿を現したのは………。

「獣人……？」

ウサギの耳にウサギの尻尾を身に着けた女の子だった。

「ううう、だから人型になるのは嫌だったのです」

口を開けて驚く俺たちをよそに、頭を抱えて涙目でこちらをみる獣人の少女。

光で透き通るようなライトグリーンの髪をリボンで結びツインテールにしている。燃えるような赤い瞳が特徴的で。白いチョーカーとビスチェを着ており、発達した胸を強調している。そのビスチェの上からは袖がだぼついたチェック柄の派手な服を着ている。

「お、お前がさっきのドラゴンか？」

思わず確認をしてしまうとウサギの獣人はビクリと肩を震わせると、

「い、いじめる？　です？」

涙目になって、そう聞いてくる。思わず庇護(ひご)欲を誘いそうな仕草だ。

そう思ったのは、どうやら俺だけではないらしく……。

「ねぇ、エルト。可哀想じゃない？」

まるで自分が幼子を虐(しいた)げているような感覚になる。俺は溜息を吐くと……。

「虐めないよ」

そう呟くのだった。

「それで、その恰好が本来の姿ということでいいんだな？」

風の精霊王が落ち着いたところで、俺は改めて目の前の人物に質問をする。

「厳密に言うと違うのです。この格好は数千年前に邪神と戦った時に呪いをかけられたものなのですよ」

なんでも、目の前の精霊王は数千年前に仲間と共に邪神に戦いを挑んだらしい。

その時に邪神は彼女に呪いをかけたようだ。

「獣人の姿ではマリーは本来の力を発揮できないのですよ。だからマリーはなるべく人前に姿を出さないようにしていたのですよ」

「最初にヴァルセティと名乗っていなかったか？」

「ヴァルセティは人族が勝手に付けた名前なのです。一時期世界を回っていたのですが、襲い掛かってくる人族を返り討ちにしていた時に固有名を付けられたのですよ」

「なるほどな。そうするとマリーというのは？」

「前のご主人様がつけてくれた自慢の名前なのですよ」

そう言って胸を張ると身体の一部が強調された。

「まあいいか、それじゃあ契約をするぞ」

俺は目的を果たすことにした。

「そっ、そのことなのですが……やはりやめておいた方がよいのですよ」

「それは約束を破るということか？」

ビクリと身体を震わせるとマリーは恐る恐る上目遣いに俺を見る。

「ちちち、違うのですよっ！　ただ、精霊王と契約するのにはものすごいコストが必要なのです。これまでもマリーと契約をしようと何人もの精霊使いが現れたのです。だけど、誰一人契約に成功した人間はいなかったのです！」

どうやら嘘を言っている様子はない。

「精霊王との契約に失敗すると命を失うことになるのです！　マリーはこれ以上ヒトの命を奪うのは嫌なのです！」

「でもそれなら契約を断ればいいんじゃあ？」

セレナの疑問にマリーは答える。

「精霊王には契約を挑まれた時点で応じる義務があるのです。だからマリーは二人にそれを言わせないで追い払おうと魔法を使って脅したのですよ」

「なるほど。あくまで善意による行動だったと？」

「なのですっ！」

はっきりと赤い瞳が俺を真っすぐに見つめてくる。どうやら嘘ではないらしい。彼女は俺を心配しているようだ。

「話はわかった」

「良かったのです。それじゃあ、マリーは適当な大精霊か上級精霊を呼びつけて契約の準備でも——」

「いや、お前と契約する」

「なんでなのですかっ⁉　話を理解したんじゃ？」

マリーはウサミミをピンと立てると大声を上げるのだった。

「それじゃあ、エルトはそこに立って。マリーちゃんはその正面ね」

精霊の契約をするので俺とマリーは向かい合わせに立つ。

「いいこと？　精霊契約に必要なのは両者の同意とコスト容量よ」

その言葉に俺とマリーは頷く。

「通常コストが足りなければ契約は成立することがなく、同じ精霊とは二度と契約を結ぶことはできなくなるの」

今回の場合、もし契約が不成立の場合は俺の命がなくなるらしいので、あまり関係のない話だ。

「ううう、本当にやるのですか？　マリーはこれ以上死なせたくないのですよ」

耳をぺたりと伏せて浮かない顔をしているマリー。今からでもセレナに止めて欲しそうな顔をしているが……。

「それじゃあエルト。【契約の言葉】を私の後にしたがって唱えてね」

「わかった」

セレナはコホンと咳ばらいをすると【契約の言葉】を口にした。

「我が名はエルト。我、汝に名を与え、ここに契約を結ぶことを宣言する」

契約の言葉を口にすると俺とマリーの周辺を緑色の光が覆った。

「これが契約の結界よ。いったん発動すると契約を完了しない限り、二人はここから出られないわ。さあ、マリーちゃん続きを」

　セレナが促すとマリーは覚悟を決める。

「我は精霊王。汝の良き隣人として共に歩むことをここに誓う。願わくば我に名を与え契りを結ばんことを……」

　マリーの身体から緑色の光が溢れ、俺に流れ込んでくる。

「これは……？」

「今マリーちゃんから出ているオーラがエルトの器を測っている。彼女という存在を受け入れる資格があるかどうか、それが試されているのよ」

　身体の中にマリーが流れ込んでくるのがわかる。互いの意識に触れ合い、記憶に触れている。

　彼女は数千年の間ずっとここで過ごしていたようで、寂しかった感情が伝わってくる。

「これは……エルトさんはだからこそ……そうなのですね……」

　一方、マリーも俺の記憶に触れているのか、最初は浮かない顔をしていたくせに今では嬉しそうな笑みを浮かべている。

「だからエルトさんはあれを使えた……これなら確かにマリーを受け入れることも……」

　そうこうしている間にマリーから流れ込むオーラの量が減り、やがて………。

「これで一段階は完了ね。エルト、問題はない？」

「ああ、どうやらコストとやらも足りたようだな」

マリーの瞳が潤み涙が零れる。今ならその意味が理解できた。

彼女は数千年待ちわびていた。新たに自分を使役できる存在を。

「それじゃあ最後は名前を与えて、お互いの力を通すパスを作っておしまいね」

セレナのその言葉に頷くと……。

「我、エルトは汝に【マリー】の名を与える」

「えっ？　前の名前でよいのです？」

驚きの表情を浮かべるマリー。

「ああ、お前は前の御主人様が大好きだったみたいだからな。思い入れのある名前は奪えない」

一人になる前のマリーはとても幸せそうに仲間たちと過ごしていた。俺はその名前と思い出を奪うことはしたくない。

「ありがとうなのです。エルト様」

感激したマリーは俺に近寄ってくる。そして……。

「さて、最後はマリーちゃんがエルトに触れてパスを作ればおしまいよ」

「マリーはずっと孤独だったのです。だけど、今日こうして新しい御主人様に会うことができた。ここに籠っていた数千年の月日は辛かった。でもそれも御主人様に会えたことで無駄ではなかったのです」

マリーが両腕を回し俺に抱き着いてくる。そして顔を近づけると、

「ちゅっ！　なのです」

「なあっ‼」

セレナの驚き声が谷に響き渡る。

頬に柔らかく湿った感触がした。

「ちょ、ちょっと！　何をしているのよっ！」

契約が終わり、オーラが消えるとセレナは目に涙を浮かべるとマリーに詰め寄った。

「御主人様と契約をしただけなのです」

そういうと唇を指でなぞって見せる。どうやら俺はマリーにキスをされていたようだ。

「ふざっけんじゃないわよっ！」

セレナの怒りが周囲に響き渡るのだった。

三章

幸せだった頃の記憶を思い出していた。

御主人様と七人の仲間と共に邪神討伐の旅をしていた時の記憶だ。

これまでも何百、何千、何万……数えきれないぐらい繰り返しみた記憶。

私を含めて皆御主人様が大好きで……それでも自己主張が苦手な私は、他の子が御主人様を取り合っているのを羨ましく思いながら見ていた。

それから旅は進み、私たちはとうとう邪神の居城に攻め込んだ。

多数現れる邪神の教徒と眷属のデーモンたち。

私たちは戦った。傷つきながらも進み、とうとう邪神の下へと辿り着いた。

邪神を倒せば世界が救われる。御主人様はそういうと神に鍛えられし剣を手に邪神と戦った。

最初は互角に戦いを繰り広げていた。私たちの援護も効いているのか魔法による攻撃は確実に邪神の身体を削っていき、御主人様の剣は邪神を追い詰めていく。

勝てるという思考が浮かんだ瞬間。全員に緩みが発生した。

まず仲間の一人が、邪神が撃ちだした黒い光に貫かれて消滅した。

そこからは早かった。

一人が欠けたことで拮抗していた戦力は押し返され、私たちが一気に不利になった。

御主人様はこのままでは勝てないと悟ったのか、私たちに「逃げろ」と命令をした。

その言葉を聞いていた邪神は私たちに呪いをかけた。

人型である時に獣人の姿になる呪いを……。

御主人様は討たれ、私たちは散り散りになった。

「な、なるほど……。それがエルト君の契約した精霊王かね？」

あの後、風の谷から戻った俺たちは、ことの詳細をヨミさんに話していた。

俺たちを心配していたのか村に戻るなり皆に囲まれたのだが、説明を終えた今では皆驚愕の表情を浮かべている。

「エルトって、つい昨日まで精霊視も持ってなかったよな？」

「初めて契約した精霊が精霊王とか凄すぎない？」

「まさか生きて精霊王様を見ることができるなんて、拝まなければ」

何やら色々言われているが、この村の連中に悪意はないのでスルーしておくことにした。

俺は右腕に抱き着いているマリーを見ると……。

「ん？」

至近距離から目が合った。そしてマリーは俺に身体をこすりつけて幸せそうな顔をする。

俺は彼女の過去を知っているだけに拒絶する気が起きないのだが………。

「ううう、エルトとくっついてないで離れなさいよね」

戻ってからというもの、セレナの機嫌がなぜか悪い。

「断るのです。マリーは遠慮することで後悔をするのはもう嫌なのですよ」

セレナの言葉にマリーは更に強く抱き着いてくる。俺は腕に柔らかい感触を感じながら二人の口喧嘩を聞き続けるのだった。


俺は部屋に戻ると横になる。ひと段落がついたところで改めて自分のステータスを確認した。

名　前：エルト
称　号：町人・神殺し・巨人殺し・契約者
レベル：874
体　力：1761
魔　力：1761
筋　力：1761
敏捷度：1761

防御力：１７６１
魅　力：８４００
スキル：農業Ｌｖ10　精霊使役（40／42）
ユニークスキル：ストック

精霊使役のスキルが追加されていてコストが40埋まっている。

「虹の果実を食いまくっておいてよかった」

まさか精霊王と契約するとは思っていなかったが、備えておけば役に立つものだ。マリーを受け入れるコストはギリギリではあったが、なんとか範囲内に収まっていた。

「今日は疲れたからな……とりあえずゆっくり休むか」

俺はステータスの確認を終えると重くなった瞼を閉じるのだった。


「よし、マリー。左のフォレストウルフは任せたぞ」

「はいなのです！　マリーに任せるのです」

翌日。俺とマリーは村の周辺で狩りをしていた。

精霊と契約を結んだからといって、すぐになじむわけではない。

お互いのスキルを見せる必要もあるし、連携できるかの確認もしなければならなかった。

「ガルルルルッ」

俺は数匹のフォレストウルフを剣で牽制しながらもマリーの動きを見る。

「はやく倒して御主人様に褒めてもらうのです。砕け散るのです！　【ヴァーユトルネード】」

先日みせられた風の魔法が突き進む。進行方向にあった木は触れた部分が削り取られ塵となって舞い上がる。

「キャウンッ⁉」

その威力に驚いたのか、フォレストウルフは鳴き声をあげるのだが……。

次の瞬間、風に巻き込まれてその命を散らしてしまった。

「やったのです」

喜びながら俺の下へと戻ってくる。そしてマリーは俺を見ると……。

「あれ？　あっちのウルフもマリーが倒すですか？」

首を傾げて聞いてきた。俺は剣を鞘に収めると。

「いや、必要ない」

「ほえ？」

「【ヴァーユトルネード】」

俺もマリーに倣って魔法を唱えると数匹いたフォレストウルフに直撃した。

「凄いのです。これが御主人様が憎き邪神を倒した力なのですか？」

マリーが尊敬の眼差しを俺に向けてくる。

精霊契約の時、俺は彼女の、彼女は俺の記憶を見たのだ。

「ああ。俺のユニークスキルの【ストック】はあらゆるものをストックして自在に取り出すことができる。今のはお前が俺に放った魔法だな」

「ううう、ごめんなさいなのですよ」

それを思い出したのか、マリーはウサミミをペタリと倒して反省してみせる。

俺はそんな彼女の頭を撫でると……。

「さて、もう少し狩りを続けるとするか」

そう促すのだった。

★

風の谷から戻ってきた私は家に戻ると一人で塞ぎこんでいた。

エルトの目的は精霊と契約をしてこの村を出ていくこと。

下級や中級の精霊だったら、まだ準備不足だと言って引き止めることができたのに……。

「初めての精霊が精霊王だなんて前代未聞よ！」

初めて会った時から妙に気になる人族だった。

村で一緒に育ったエルフにはない独特の雰囲気を持つ少年。

なぜか目を離すことができずに、いつもその姿を追いかけていた。

歓迎の宴で兄と剣で戦っていたエルトを思い出す。

最初は拙い剣技だったが、次第に兄を上回り遂には逆転してしまう。

兄の剣技はエルフの村で一番。それをどうやったか知らないがあっという間に吸収してしまった。

周囲のエルフから兄が「例の賞品」を賭けていると言われた時は顔が赤くなった。

常日頃から兄は「セレナとデートしたければ俺を倒してからにしろ」と言っていたからだ。

エルトが勝てば賞品としてデートをしなければならない。だが、その時の私にはそれが不思議と嫌ではなく、気が付けば兄よりもエルトを応援してしまっていた。

それからの日々は楽しかった。

エルトに誘われるままに狩りにでていつも一緒にいる。

他のエルフの子たちもエルトが気になっていたみたいだけど、エルトの隣だけは譲りたくなかった。

ある日。兄に「お前、もしかしてエルトについていくつもりか？」と聞かれた。

私はその言葉に心臓を掴まれる思いだった。エルトと一緒にいたい気持ちは強くある。だけど……。

「『私にはお父さんの病気の世話をする義務があるから』」

その時口にした言葉が自然と漏れる。

そう、ついていくなんて選択肢はどこにもない。お父さんは病に侵されていて身体が不自由なのだ。

薬の元になるハーブを私が定期的に摘んでこなければならない。

熱に浮かされていたのか当然のことを忘れていたのだ。エルトは外に出たがっている。遠からずこの村を出ていくと決めているのだと。

そのことに気付いた私は、自分がこれ以上エルトに惹かれないように気を付けた。

だが、一度自分の気持ちを自覚してしまっては手遅れ。拒絶するのと正反対に心も身体もエルトを求めていた。

彼の前に立つと冷静な自分がどこかへと飛んでいく。

谷底でもエルトに「行かないで！」と言って引き留めようとした。

もしマリーちゃんが邪魔しなかったら、どうなっていただろう？

エルトは優しいから悩んでくれただろうか？

いずれにせよ言葉にできなかったので結果は風と共に消え去っていた。

何日かが経過した頃、村が騒がしくなった。

エルトとマリーちゃんが大量のモンスターを狩ってきて、それを村に提供したのだ。

中には私たちでは到底倒すこともできない高レベルのモンスターも存在していた。それをこうもあっさり討伐したということはエルトとマリーちゃんの契約がしっかりしたものになっている証拠。

寄り添っている二人は契約者と使役精霊ではなく、お互いをパートナーと思っているかのように笑顔でいる。

私はそんな二人に近づくと「凄いじゃないエルト！　マリーちゃんもさすが精霊王ね」などと大げさに驚いて見せた。

エルトはマリーちゃんから離れると私と話そうとこちらを向く。何か言いたそうにしているのだが、それを切り出そうか悩んでいる様子が窺えた。

私はエルトの言葉が聞きたくなくて会話を切り上げると、その場を立ち去ってしまうのだった。


夜になり、宴が開かれた。

日中は村のエルフ総出でエルトたちが狩ってきたモンスターの解体を行った。

それでも処理しきれない肉がでてしまったので、お父さんが宴会を開くと宣言したのだ。

宴会は盛り上がりをみせていた。私はエルトからなるべく距離を取りながら他のエルフの子たちとお酒を呑んでいた。

エルトが振舞ってくれたこの世界で最高級のお酒。喉に流し込むと豊かな味わいと共に酩酊してくる。

今はとにかくお酒を呑んでよい気持ちになりたかったので、私は酔いに任せて他のエルフの子と盛り上がった。

しばらくすると、お父さんが全員に注目するように声をかける。

その場が静まり返り、お父さんとその横にエルトが立っていた。

「エルト君が明日、この村から発つことになった」

頭が真っ白になった。出ていく前にエルトは最初に私に言ってくれると思ったから。いや……。その気配はあった。

ここ数日、エルトは私を気にしていたし、話しかけるタイミングを見計らっていたようだから。

私の中で何かが弾けた。お酒をひっつかむとそれを一気呑みし、エルトへと詰め寄った。

何を言ったのかわからない。酒が回っていて自分の言葉なのに意味が理解できず行動を止められなかったからだ。

私が何かを言うたびにエルトは困った表情になり、周りはなぜか顔を赤くする。エルトに縋り付いて涙を流したままでは覚えているのだが……。

気が付けば自分の部屋で目が覚めた。どうやらあのまま意識を失ってしまったようだ。

頭がもの凄く痛み吐き気がする。それでも私は何とか起き上がる。

外に皆の気配がしたし、エルトを見送らなければならないからだ。

家をでて広場へと向かう。その際になぜか同性のエルフたちからは「頑張ってね」と応援され、異性のエルフからは「エルトめ、俺たちのセレナを……」と涙を流された。

広場に着くとすでにエルトとマリーちゃん、そしてお父さんと兄さんがいる。

周囲ではエルトとの別れを惜しんだエルフが集まっていた。

私は四人に近づく。何といえばいいのだろうか……。昨晩のような醜態はもう晒すつもりはない。何を言ったか覚えていないのだが、これまで生きてきた中で一番恥ずかしかった記憶がある。

私が近づくとエルトが顔を赤くすると目をそっと逸らした。

なんなのかと思い、お父さんと兄を見ると……。

お父さんは成長した娘を見守るような目で。

兄は血の涙を流しながら、私を見ている。

周囲のエルフたちも私をみてひそひそと呟いている。

エルフは耳が良いので、どれだけ小声でもその音を拾える。

「意外と大胆」「熱烈な告白だった」「エルトも男らしい」

何やら、冷や汗が流れ出る。私は酔った時に何をしたのだろうか？

周囲とエルトの視線に恥ずかしさが高まってくる。この場を離脱するかどうか判断に迷っているとエルトが近寄ってきた。

「あー、セレナ。もう酔いは良いのか？」

「う、うん。まだ頭が痛いけど問題ないよ」

頭痛よりも問題になるのはこの気まずさだ。いったい何なのだろうか？

とにかく今はエルトを笑顔で送り出す方が先だ。あとで考えよう。

そう思っているとエルトは手を差し伸べてきた。別れの握手だろうか？

私は久々に触れるエルトの大きな手に感動すると彼と目を合わせる。これでお別れかと思うと寂しいという気持ちが湧き起こると、

「今はまだセレナの気持ちに答えることはできない。だけどこれからは旅の仲間として一緒にやっていくわけだし、よろしく頼む」

「へっ？」

周囲が見守る中、私の疑問の声だけが広場に響き渡るのだった。

★

「え、エルト……いったい何を言ってるの？」

握手をすると混乱したセレナが目を泳がせる。

どうやら昨晩のことを一切覚えていなかったらしい。

　ここ数日。俺はマリーと一緒に狩りに出ると、迷いの森から脱出するための訓練をしていた。

　この周辺に現れるという強力なモンスターを二人で倒して回ったり、邪神の城を訪れた。

　邪神の城ではステータスアップの実が再び生っていたので収穫した。

　そしてすべての準備が整ったので、俺は村を出ることにした。

　ヨミさんにはあらかじめその旨を伝えていたので送別会を開いてくれたのだが、セレナに話そうにも露骨に目を逸らされてしまう。事前に話をしておきたかったのだが、そのタイミングがなかった。

　宴も半ば、ヨミさんは全員を注目させ俺が旅立つことを皆に発表した。

　皆は若干寂しそうな顔をしていたが、快く送り出そうとしてくれた。だが…………。

　顔を真っ赤にしたセレナは凄い勢いで俺に近寄ってくる。そして抱き着くなり言うのだ。

「私はエルトを愛している」「マリーちゃんには負けない」「私も連れて行って」「幼馴染みなんて知らない」「エルトは私だけを見ていればいいの」

　完全に酔っており支離滅裂な上、呂律も怪しかった。俺は困惑しつつもセレナを宥めに回る。

なぜかヨミさんもフィルも彼女を止める気配がなかったからだ。

　だが、セレナの勢いはとどまることなく、彼女は俺にキスをすると涙を流して呟いた。

「傍にいさせてよぉ。私もう、エルトがいない生活なんて考えられないよぉ」

　その言葉は心に響いた。俺もマリーもかつては誰かを心の支えに生きてきた。セレナにとって俺がそうだというのなら……。

ヨミさんが前に出た。そして「セレナを連れて行ってやって欲しい」と。

俺は少し悩んだ末にその言葉に頷く。するとセレナは憑き物が落ちたように笑顔になると寝入ってしまったのだ。

村のエルフの女の子たちがセレナに何やら耳打ちをしている。

どうやら昨晩あったことを話して聞かせているようで、セレナは次第に顔を赤くしていく。

そしてすべてを理解すると……。

「うぅ……私本当にそんなことを言ったの？」

自分の醜態を受け入れがたいのか両手で顔を隠してしまう。

「それはもう酷いものじゃったぞ。フィルなんぞ号泣しておったわい」

悔しそうな顔をしているフィルが目にうつる。

「で、でも……私やっぱり行けないわよ」

周囲の話を受け入れるとセレナは深刻な顔をするとそう言った。

「どうしてなのじゃ？」

ヨミさんが問いかける。昨晩あれほど情熱的に俺に迫ったのだ。躊躇う理由がないだろう。

「私が村を離れたら、お父さんのお世話は誰がするのよ」

セレナは胸に手を当ててそう言った。責任感が強いのだろう、揺れた瞳には意志の強さが宿っていた。

「お父さんは病に侵されて長いの。そんな状態で私まで出て行ったら……」

自分が旅に出ている間にヨミさんに何かあったらと想像したのだろう。

誰もが気まずい雰囲気で視線を合わせる。セレナに何と声を掛けるべきか迷っていると……。

「そのことなら問題はないのじゃ」

「えっ？　どうして？」

疑問を浮かべるセレナに、ヨミさんは優しい目をして近づくと手をとった。

「エルト君のパーフェクトヒールじゃよ。あれのお蔭で病も完全完治してしまったようじゃ」

今朝、二日酔いを訴えるヨミさんに俺はパーフェクトヒールを使った。すると、病まで完全に消し去ってしまったようで、これまでのヨミさんとは違い元気な姿を取り戻したのだ。

「というわけで、わしのことは心配せずにセレナはエルト君とイチャイチャしながら旅を楽しんでくればいいのじゃぞ」

「い、イチャイチャ……」

熟れた果実のように顔を真っ赤にするセレナ。

「それで、問題はなくなったみたいなんだがどうする？」

酔った席での話ではなく、今度は冷静な判断ができるだろう。俺は改めてセレナに確認をすると、

「ふ、不束者ですがよろしくお願いします」

そういって俺の服の裾を掴んで俯く。

「グギギギギ、エルト……セレナを……頼んだぞ……」

目から血の涙を流しながら握手を求めてくるフィル。俺が手を差し出すと力の限り握ってくる。

「ああ、決して悲しませないと約束する」

俺は断腸の思いで妹を送り出すフィルにそう誓うと、セレナを連れて村を出るのだった。


「さあさあ、こっちなのですよ」

村の連中に温かい目で見送られた俺たちは、人里を目的地に森を歩く。

「本当にそんな野菜があるの？」

張り切って前を歩くマリーを、セレナは眉をひそめてみる。

「あるのですよ。しばらくここに戻ってこないなら収穫していくべきなのです」

現在、俺はマリーに道案内をさせている。それというのもマリーが激レア野菜である【虹色ニンジン】のありかを知っているというからだ。

虹色ニンジンとは錬金術の材料に使える高級野菜で、街の外を歩いていると本当にごくまれに一本だけ生えていることがあるレアアイテムだ。

ポーションなどの効果を格段にアップさせる材料な上、普通に調理しても至高の味わいのため、錬金術士とグルメマニアの間で時に奪い合いが起こるアイテムだ。

そんな食材の群生地をマリーが知っているというので、迷いの森を出る前に採りに行くことにしたのである。

「御主人様のストックがあれば根こそぎ回収できるのです。旅をするからには美味しい料理を食べるに越したことはないのですよ」

マリーは目の色を変えながら進んでいく。今はウサギの獣人だからニンジンが好物なのだろうか？

しばらく黙ってついていくと、開けた場所にでた。

「あったのです。ここなのですよっ！」

マリーは元気な声を出すと駆けていく。その先には紫色の葉っぱが地面に埋まっていた。

「よいしょっと！」

マリーはそのうちの一本を引っ張ると、地面から虹色をした物体が現れた。

「ほ、本当に虹色ニンジンだわ！」

セレナが驚き声をあげた。

「さあ、御主人様。マリーが採ったこれを食べて欲しいのですよ」

マリーは俺に近寄ると褒めて欲しそうに耳をパタパタさせている。

「ありがとうな。マリー」

俺はそんなマリーの頭を撫でてお礼を言うと虹色ニンジンを食べようとする。

「待ってエルト。今水を出すから……」

セレナは微精霊に命じ水を出すと、虹色ニンジンを洗ってくれた。泥がとれたニンジンの水気を飛ばす。

「じゃあ、いただくよ」

初めて食べる高級レア食材。俺はセレナとマリーが注目する中ニンジンをかじった。

「……美味い。野菜とは思えない甘さだな。新鮮だし、すっきりした味わいはこれまで食べてきたどのニンジンよりも上だ」

生贄になる前は畑を耕していたので、美味しい野菜は知っているつもりだった。だが、虹色ニンジンはそれらとは明確に味のランクが違っていた。

「マリーも食べるのです。美味しいのです」

「あっ、ずるい。私も……………。美味しいわね」

二人も口に含んだ瞬間に幸せそうな顔をしている。どうやら気に入ったようだな……。

森の中にこれほどの広さの平地があるのも驚きだが、見渡す限りに紫の葉っぱが広がっている。

「もしかして、この一面全部が虹色ニンジンなのか？」

「なのです！　ここは全部採集していくべきなのですよ」

「そうね。私もこれ好きだし、採っていくべきだわ」

すっかり意気投合した二人。どうやら美味しい物を食べると連帯感が生まれるらしい。

「そうだな、次にいつ手に入るかわからないのだから、今のうちに回収しておくことにするか」

急いで人里に出たいところだったのだが、結局俺もこの食材が気に入った。

俺たちは協力して、その場の虹色ニンジンを採りつくすのだった。

・虹色ニンジン×１６９６９

「ごめんね、エルト。よく考えたらエルトははやく人族のいる場所に行きたいんだったわよね？」

虹色ニンジンの採集を終えてその場を離れると、セレナが話し掛けてきた。

「いや、あそこで手に入れた虹色ニンジンが何かに役立つ可能性は高いからな。決して無駄じゃなかったぞ」

早い時間に村を出発したのだが、虹色ニンジンの採集に手間取ったお蔭で半日が経過した。

結局、この日はあまり進むことができずに現在はこうして野宿の準備をしているところだ。

「美味しいのです。やっぱりニンジンは生をかじるのに限るのですよ」

その横ではマリーが幸せそうに、またニンジンを食べていた。

「エルト、次は鍋を出してもらえるかしら？」

セレナに言われた俺は、ストックの中に入れてある鍋を取り出した。

「ありがとう。それ、本当に便利な能力よね」

セレナは現在、食事を作っている。

鍋を置くと精霊に命じ水を出し、下から火をつける。そこに野菜を投入した後は燻製肉を取り出しナイフで削りながら入れる。

「普通はこんな道具を持ち歩けないから保存が利いた燻製肉ぐらいしか食べられないんだけどね」

鍋の中身を混ぜながら、セレナは火の精霊に命じて火加減を調整している。

「いや、セレナがいて助かった。俺もマリーも料理はできないからな」

肝心の素質があったとしても、料理の腕は一朝一夕で身に付くものではない。

もしこれが二人旅だったなら俺たちの食事はそれこそ燻製肉と水だけになっていただろう。

「ふふふ、ありがとう。そう言ってもらえると付いてきて良かったのだと思えるわ」

セレナはふわりと笑うと俺を見る。火の揺らぎが影となり見つめてくる瞳が印象に残った。

「そういえば疑問なんだけどさ。虹色ニンジンって本来はかなり広い範囲を探索しないと一本も見つからない超高級食材なんだよ。それなのになんであんなにいっぱい生えてたんだ？」

市場に全く出回らないわけではないが、専門のハンターがチームを組んで血眼に探して何とか手に入れられるレア度なのだ。こんなに大量に採れる場所があるのなら値崩れしてしまわないのだろうか？

「それはですね、虹色ニンジンは一定以上の魔力が溜まる場所に低確率でしか生えないからなのですよ」

その質問にマリーが答える。

「なるほど、そうすると迷いの森は魔力が溜まりやすい場所なのか？」

「その通りなのですよ。この森は世界中のどんな場所よりも魔力が溜まりやすい場所なのです」

俺の質問にマリーは頷いて見せる。

「つまり、人が立ち入らないこの場所だからあんなに群生していたってことなのか？」

「なのです。更に、虹色ニンジンが生えたその横が魔力の溜まり場であるなら、低確率で株分けがされて、そこにも虹色ニンジンが生える仕組みになっているのですよ」

つまり、意図的に魔力の溜まり場を作ってそこに植えておけば、増える可能性があるということだろうか？

俺は人工的に虹色ニンジンの栽培ができないか考えてしまう。こういう時自分が農業をやっていたのだなと感じてしまう。

「あとは魔力が溜まりやすいので強力なモンスターが発生するのですよ」

そんなことを考えていたらマリーが続きを話していた。

「ちょっと待て、魔力が溜まりやすいとどうして強いモンスターが発生するんだ？」

「それは、モンスターは悪い魔力を体内に取り込んで凶悪化した生き物だからなのです」

「でもさ、もしそうだとしてもおかしい点があるのよ……」

「なんなのですか？」

セレナが料理の手を止めるとマリーに質問を投げかけた。

「北の谷は私たちエルフの間では有名だったし、そこからあの場所はそんなに離れていなかったわ。話を聞く限り増えるのに結構な時間が掛かるんでしょう？　私はまだそんなに生きてないけど、お父さんや兄さんあたりは長く生きてるんだから、あそこを知らないのは不自然だわ」

確かにその通りだ。迷いの森は確かに方向感覚が狂いやすく普通に歩いていたら自分の居場所を見失ってしまう。だが、エルフの村で育った人間が自分たちの生活圏から少し離れた場所のことを知らないものなのだろうか？

「その答えなら簡単なのです。立ち入ろうとする者を遠ざける結界が張ってあったのです」

「それなら俺たちはなんで入っていけたんだ？」

それが本当なら辿り着けないはずなのだが……。

「そんなの決まっているのです、マリーや御主人様には効かなかったからなのですよ。認識を阻害する系統の結界は雑魚相手には効果があるけど、精霊王のマリーや御主人様の認識を歪めることはできないのです」

「ざ、雑魚……？」

マリーの言葉に悪気はないのだろうがセレナは頬をひくつかせる。

「さらに、あの結界は二重になっていて入ってきた侵入者の魔力を吸い取って地面に還元するようになっていたのです」

「そんな危険な場所があるのは不味くないか？」

フィルやヨミさんが入ってしまう可能性がある。俺はそう考えたのだが……。

「安心するのです、マリーが結界ごと壊しておいたのです」

「なら安心ね。良かった……」

セレナは胸を撫でおろすと息を吐く。

「それで、結局のところ結界を張るってことは誰かがあそこを管理していたってことになるのかしら？」

野菜と燻製肉が入ったスープを飲みながら、セレナは話を戻す。

「だと思うのですよ」

「いったい誰が何の目的であんな場所を作ったのかしら？」

入ってきた者の魔力を吸うというトラップからして悪意が感じられる。

「気にするだけ無駄なのです、守りたかったのならマリーに破れないような結界を用意するべきだったのです」

精霊王相手に無茶を言うなと思った。マリーは美味しそうにセレナが作ったスープを飲むとそう答えるのだった。

「さて、明日に備えて寝るとするか」

食後の後片付けが終わるとあとは寝るだけ。布を使って天幕を張ると俺たちはそこに横になった。

まず俺が横になるとマリーがその上に乗ってくる。

「セレナも横になった方が良いぞ。狭いから俺の隣になるけど我慢してくれ」

布の大きさの関係で二人分の広さしか確保できていない。なのでマリーは俺の上に横たわっている。

「ううん、ついていくと言ったのは私だから構わないわ。それに…………エルトの近くで嬉しいし」

「ん？　何？」

最後の方は小声だったので聞き取れなかった。

「な、何でもないわっ！」

セレナは耳を赤くすると俺の隣に寝転がる。そしてそのままこちらを向くと、

「なんかこういうのって楽しいね」

俺と目が合うと笑顔を見せた。

「それじゃあ御主人様、マリーが結界を張るのです。何かが近寄ってきたらマリーにはわかるので安心して休んでいいのですよ」

マリーによる風の結界は便利で、中にいると快適な温度が保たれるので毛布なしでも寒くない。更に敵が近づいてきたら感知できるという高性能だ。

「わかった、ありがとうな」

俺はマリーの頭を撫でると、

「えへへへ、このぐらい楽勝なのですよ」

マリーの嬉しそうな声を聞きながら眠りに落ちていくのだった。

★

「ば、馬鹿な……結界が破られて……どうなっている⁉」

数日後、例の虹色ニンジンの群生地を訪れた者がいた。

「まさか人族たちがこんな森の奥深くに入ってこられるはずがないのだが……」

己の推測を否定しながら奥へと歩いていくと………。

「なっ！　あれだけあった虹色ニンジンがすべてなくなっている⁉」

広場を埋め尽くすほどの虹色ニンジンが見る影もなくなっており、男は目を見開いた。

「虹色ニンジンで軍団を強化し、国を亡ぼす計画が漏れたのか？　だが、しかし……」

近隣の国に潜入させている魔族からは迷いの森に人族が入ったという報告はきていない。

「このままでは上に……デーモンロードに粛清されてしまう……」

今回の作戦は魔人王(デーモンロード)が長年をかけて準備した計画だった。最近になり邪神の波動が途絶えた。何があったかは分からないが邪神が沈黙している間に力をつけ、立場を逆転させるのが魔人王の狙いだ。

「この魔力の残滓(ざんし)は……こいつが虹色ニンジンを持ち去った？」

いずれにせよ大量の荷物を運んでいるのだ、すぐに追いついて見せる。

「このアークデーモンのテリトリーを荒らした報いは必ず受けてもらうぞ」

赤い瞳を光らせるとアークデーモンは南に向かって飛び立つのだった。


「えーと、次はこっちね」

セレナは身軽な動きで俺たちを先導すると向かう先を示した。

さすがはエルフらしく、目印が一切ない森の中でも方角がわかるようだ。

「南下して三日。そろそろ森を抜けたいわね」

虹色ニンジンを手に入れてから三日が経ち、俺たちは引き続き迷いの森を歩いていた。

途中で様々なモンスターに襲われた。

アウルベア・ジャイアントトロル・デッドリーマタンゴ・ゴールデンクロウラー等々。

どいつもこいつも滅多に見かけない希少モンスターらしく、俺とマリーはいかに傷つけないで倒すかについて苦心をした。

そのお蔭で綺麗な状態で倒すことができ、死体はストックに入れてある。

「もう森の中は飽きたのです。はやく平原に抜けるのですよ」

マリーもうんざりしているようで愚痴をこぼしていた。

「おっ、あれってもしかして出口じゃないか？」

しばらく歩いていると、先の方に変化があった。視界いっぱいに平原が広がっているのだ。

「やったっ！　ようやく森を抜けられたわっ！」

「良い風が吹いてるのです！」

はしゃぐ二人を見ると、俺も息を吐き胸を撫でおろす。

途中口にしなかったが、ずっと同じ場所を歩いているようで不安だったのだ。

「マリー、どっちに行けばいいと思う？」

この中でもっとも旅慣れているのはマリーだ。俺が意見を聞くと……。

「まずは川を見つけるとよいのです。おそらくその近辺には街道があるはずなのです。それさえ発見できれば人族のいる場所はすぐ見つかるはずなのです」

人間が生活するのには水は不可欠だ。川があればそこから水を引いているはずなので、辿って行けば人里を発見することができる。

よし、それじゃあまずはこのままさらに南下していくとしよう。

どちらに何があるかわからない以上悩んでも仕方ない。

俺は決断すると、しっかりとした足取りで先に進むのだった。

馬車が揺れ、景色が動く。

窓の外には鎧を身に着け馬に乗った騎士たちがいて警護をしている。

アリシアはそんな様子をぼーっとしながら見ていると、

「ねえ、アリシア。またエルト君のこと考えているの？」

「アリス様。申し訳ありません」

そう返事をするということはアリスの指摘は正解らしい。

「あの占いから三週間。目的地のエリバン王国まであと一週間ほどで到着するわね」

エルトの居場所がいくつもの国をまたぐその先にあったので、随分と長い時間を移動に費やした。

そのお蔭もあってか、占い師が突き止めたエルトがいる迷いの森まで随分と近づいている。

だが、アリシアの表情には元気がない。会議の場ではその場の全員に啖呵をきったアリシアだったが、時間が経つにつれてエルトの生存が望み薄だと考え始めてしまった。

生き延びていて欲しいというのは本人の願望でしかなく、常識的に考えるのなら死んでいる可能性が高い。今回の調査で死体が発見できれば良い方とすらアリスは考えていた。

「まだ何も確認していないじゃない。あなたが信じてあげなくてどうするのよ」

だが、アリシアには笑っていて欲しい。そう考えたアリスはそれを表情に出すことなく励ます。

「ありがとうございますアリス様。そうですよね……。私はエルトが簡単に死ぬとは思えません。結果をこの目で見届けるまでは生きていると確信して行動します」

少し表情に元気が戻った。アリスは微笑むとさらにアリシアに話しかけた。

「そうだ、アリシアがいつからエルト君を好きだったのか教えてよ。あと、どんなところが好きなのかもね。これは命令よ」

「べ、べべべ別に私とエルトはそんな関係じゃないです！　単なる幼馴染みで……腐れ縁で。いつも一緒にいただけで……」

顔を真っ赤にしてしどろもどろになるアリシア。そんな彼女をアリスは面白そうにみる。

「ただの幼馴染みの身代わりに生贄になんてなるかしら？　私の勘が告げているけどエルト君

はアリシアに惚れているわね」

「っ⁉」

次の瞬間、アリシアは熟れたトマトほどに顔を赤くした。

「おやおや？　もしかしてアリシアも満更じゃないのかしら？」

横から覗きこみ、アリスはアリシアをからかうと……。

「や、やめてくださいっ！　本当にそんなんじゃないですからっ！」

そう言って否定して見せるのだが、アリシアの口元が緩んでいた。

「そう？　なら私が恋人に立候補しちゃおうかしらね。アリシアに話を聞いた時から興味はあったたし。別に構わないわよね？」

「えっ？」

今度は血の気の引いたような顔をするアリシア。

「冗談よ。あなたが素直にならないからからかっただけ」

「アリス様は意地悪です……」

恨みがましい目でアリスを見つめるアリシア。

アリスはアリシアが立ち直ったのを見届けると……。

「とりあえず、まずはエリバン王国に入って王国側に話を通します。そこから冒険者を雇ったり色々調査しつつ迷いの森近くまで行くって感じかしらね？」

何か異変でもあれば手掛かりになりそうなのだが、これまで滞在していた街ではそのような噂は聞いていない。

「到着してから二週間以内に結論をだします。アリシアにもばんばん働いてもらうつもりだから宜しくね」

とにかくエリバン王国に着けば何かがわかるだろう。

アリシアは馬車の外を見ながら、

「エルト……はやく会いたい」

そう呟いた時の表情は、完全に想いを寄せる相手に対するものだった……。

★

「やっと街が見えてきたわっ！」

セレナのそんな歓声が聞こえたのは森を抜けてから二日後だった。

俺たちは迷いの森を南下していた。

「これでやっとゆっくりできるな……」

エルフの村からここまで約一週間。最初は平気だったが、常に野宿で作れる料理も限られていたので、精神的に疲労していた。

「御主人様。疲れているならマリーがおぶるのですよ」

ほっとしたのが表情に出たのか、マリーが覗き込むように俺をみて気遣いの言葉をかけてくる。

「確かに疲れてはいるが、体力の問題じゃないからな。街に着けばこのぐらいの疲労はあっという間に回復するさ」

「なるほどなのです、ではやく街に向かうのですよ」

俺の返答にマリーは頷くとウサミミをピコピコと動かすのだった。

街が見えるにつれて様子がはっきりしてくる。

基本的に街というのは安全確保のために壁で覆われている。これはモンスターの脅威から人間を守るためだ。

村などでは人手も足りず、畑や家畜を飼う関係上そこまで厳重にすることはできないので、柵などを用いることが多い。

現在俺たちの前には、わりと立派な壁と門がある。

これは、この国においてここが重要な拠点であることの証明でもあった。

「なんか、外に人がいっぱい並んでるわね」

遠目がきくセレナが目を細めて様子をみる。

「ああ、こういう場所では街に入るのに警備兵のチェックを受けなければならないんだ」

「ううう、マリーは昔追いかけまわされたので人族は苦手なのです。一度精霊界に戻るのですよ！」

そういうとマリーの姿が掻き消える。ずっと顕現しているから忘れていたが、彼女は風の精霊王だった。

「あっ、ずるい！」

セレナはそんなマリーに恨みがましい声を出す。

「どうした、セレナ？」

俺はその態度が気になった。

「よ、よく考えたら私も人族が苦手かもしれない……これまで会ったことがある人族ってエルトだけだし」

セレナは不安そうな表情を浮かべるとぽつりと呟いた。そしてハッとすると……。

「ああっ、もちろんエルトのことは大好きだよ？」

弁解をするようにあたふたする様子。俺はセレナの手を握ると、

「安心しろセレナ。ヨミさんに約束しただろ？　何があっても俺が守るって」

その言葉にセレナはあっけにとられると……。

「うん、エルトがそう言ってくれるなら平気だよ」

安心したように笑顔をみせるのだった。

「すいません、ここっていつもこんなに混んでいるんですか？」

行列に並ぶこと数時間。一向に列は進まず街に入ることができなかった。

前に並んでいる商人に話を聞いてみると……。

「なんでも、他国の偉い人が滞在しているらしくてな。その方が出発するまでは新たに街に入ることができないようなんだ」

「えー、やっと休めると思ったのに……」

セレナはがっくりと肩を落とす。

「そちらのお嬢さんはエルフか？　珍しいな」

「エルフを見たことがあるんですか？」

「旅の商人をしているからね、ドワーフやケットシーにも会ったことがあるよ」

この世界には人間の他に亜人と言われる種族がある。エルフはその亜人の一種族と言われているのだ。

「それにしても、これほど美しいエルフは初めて見るな。よかったらうちの商会で受付をやらないか？」

見惚れていたかと思えば、さりげなく勧誘をしてきた。

「け、結構です！」

そう言って俺の後ろに隠れた。目の前の商人は笑っている。会話を円滑にする冗談だったのだろう。

「しかし、そうなるとただ待っているだけで無益な時間になりますね？」

俺は肩に担いでいる革袋をポンと前に降ろす。

「ふむ、この時間を無益にするかどうかは自分たち次第ということか？」

商人はアゴを撫でると俺を探るような目で観た。そして馬車に何やら取りに行くと……。

「それじゃあ、お互いに有益な時間を作ろうじゃないか」

そう答えるのだった。

★

「それでは、旅のご無事をお祈りしております」

鎧に剣を携えた兵士たちがアリスとアリシアに敬礼をして見送る。

これまで通ってきた国でも同様の態度をとられた。

「ええ、ありがとう。貴国にミスティの加護があらんことを」

アリスは手を振ると笑顔で返事をした。ミスティとはこの世界の神の一柱だ。

門が開かれ、兵士たちが先導する。

馬車はそんな兵士の後ろをゆっくりと進んでいく。

「アリシア。まだ慣れていないの？」

緊張した様子のアリシアにアリスは話し掛けた。

「す、すみません。こういった待遇にこれまで縁がなかったもので……」

この街に滞在している間、アリシアは過剰ともいえる歓待を受けていた。その原因はアリシアの恰好にあった。

肌に吸い付くような滑らかな純白のドレスに刺繍を施したケープ。まるで聖女のようないで立ちで、アリスが侍女に選ばせアリシアに着せたものだ。

旅に同行する以上は国の代表、それなりの格好をしなければ示しがつかない。

整った顔立ちに優しい雰囲気もあるせいか、アリシアはアリスと同じく貴族のような扱いをされていた。

「慣れておいた方が良いわよ。今回の一件が片付いたら、あなた多分王国の貴族に召されることになるのだから」

邪神に我が身を捧げた女性ということでアリシアの人気は王都でも高い。

そんなアリシアを取り込もうと貴族が動き回っているのをアリスは知っていた。

「そ、そんなの……」

顔色が悪くなったアリシアに、アリスは優しい瞳を向ける。

「とはいっても、私の目が光っている間は無理な結婚をさせるつもりはないから安心して頂戴」

曲がりなりにもアリスはアリシアの恋心を知っている。国益に反する決断はできないが、それでも彼女の望まぬ婚姻を潰すぐらいは考えている。

「そういえばアリス様は結婚とかされないのですか？」

カウンターとでも言うべきか、アリシアの純粋な質問が放たれた。

「私は……ちょっと……ね」

剣の才能に恵まれているアリスは婚姻先が決まっていない。それというのも国王がある条件を付けているからだ。その条件を満たす人間は国内の貴族の中にいなかった。

「私は多分……国益にかなう人物と結婚することになるわ」

その判断をするのはアリス自身。自分が剣で負けるとは思えないので、あれは父からのメッセージなのだと受け取った。

「なにやら外が騒がしいですね？」

アリシアが馬車の窓をみると、外には人だかりができていた。

まるで市場のように風呂敷が広げられて取引が行われている。

「ああ、あれは私たちが出るまでのあいだ街の中に入れなかったから、簡単な市場をやっているみたいね」

王族の滞在中は出入りが制限されるのはよくあること。

街に入れない商人が時間を無駄にしないように商売を始めたのだろう。

その中に一際賑わっている場所があるのだが、中心にいる人物の姿はここから確認できない。

「アリシア。どうかしたの？」

馬車の窓に顔を張り付け外を窺っているアリシアにアリスは声を掛けた。

「少し、気になったもので」

浮かない顔をすると先程の市場を見ている。覗きに行きたいと考えているようなのだが……。

「私たちが立ち去らないとあの人たちは街に入れないのよ」

ただでさえ足止めをしてしまっているのに、王族が馬車から降りて混ざるわけにもいかない。

アリスはアリシアの気を引く。

「次はいよいよエリバン王国王都よ」

アリシアは視線を戻すと表情を引き締めた。

「はい。やっとここまで来ました……」

そして視線を前へと向けると……。

「エルト、もうすぐあなたの傍に行くから……待っていて」

両手を組むと祈りを捧げるのだった。

四章

「やっと街に入れた」

セレナは疲れた声を出すとぐったりしながら歩いていた。

数時間前、門が開くと警護の兵士たちと豪華な馬車が現れた。

おそらく、あれが王族の乗っている馬車だったのだろう……。

だが、俺たちはその時ちょうど商人たちに群がられていたので、あまりゆっくりそれを見ていることができなかった。

「ううう、色んな人に話し掛けられて疲れちゃったよ」

セレナはエルフな上に美人なので、大勢の人間に話しかけられていた。

「とりあえず当面の活動資金は手に入ったからな」

俺は商人に虹色ニンジンを数本とりだして見せた。するとその場は騒然となり、話を聞きつけた商人たちが列を放り出して駆け付けたのだ。

どうしても手に入れたかったのかその場で競り合いが行われ、結構な大金を手にすることができた。

「まずは宿屋を探そうか」

危険地帯を抜けてきたので心も身体も疲れている。まずは休むことが必要だろう。俺はセレナに声を掛けると街中を歩き始めるのだった。

「いらっしゃいませ。二名様で宜しいでしょうか？」

歩き続けて街の中心付近まで来た俺たちは近くにあった宿屋へと入った。

「ああ、二名でひとまず一週間の宿泊で頼む」

「部屋はどうされますか？」

受付の若い女の子が値踏みするように俺たちを見た。

セレナが俺の陰に隠れているので関係性を探っているのだろう。

料金表を見せられる。一人部屋二部屋の方が二人部屋に比べて金額が高い。

俺は少し考えると……。

「一人部屋を二部屋頼む」

「えっ？」

俺がそういうとセレナから驚きの声が上がる。

「どうした？」

俺はセレナに聞き返すと……。

「えっと、二人部屋の方が良くないかしら。お金の節約にもなるし……」

しどろもどろになりながら、そう主張してくる。

「金ならさっき手に入ったじゃないか。問題ないと思うけど?」

「うぐっ……」

セレナは一歩後ずさると……。

「そ、それでもお金は有限なんだからっ! これから入用になるかもしれないから節約した方がいいと思うな」

その必死な主張でセレナの心境が見えてきた。

おそらくだが彼女は人間だらけの街で一人で眠りたくないのだろう。俺はそれを読み取る。

「すいません、やっぱり二人部屋でお願いします」

「かしこまりました」

受付は微笑むと手続きをするのだった。


「ふぅ。やっと落ち着けるよ」

部屋に案内されるなり、セレナは表情を和らげると上着を脱ぎ楽な格好をした。

ベッドに身体を投げ出して力を抜いて目を閉じているのだが、その姿は眠り姫のようで見ているとドキッとする。

しばらくすると目を開けたセレナは、

「ねぇエルト。わがまま聞いてくれてありがとうね」

部屋のことを言っているのだろう。

「気にする必要はない。一人部屋が怖かったんだろう？　金は十分あるし、セレナが安心できるならそっちの方がいいからな」

故郷に戻るまで旅は続く。今のうちにお互いに主張しあわなければいざという時にストレスの限界がくるだろう。

「そっか……そこまで見破られていたんだ」

セレナは嬉しそうに呟くと顔を上げていった。

「確かに人間の街に一人で泊まるのが怖かったのも本当だよ？　でもそれだけじゃないの」

「というと？」

セレナは起き上がると俺の耳元に唇を寄せると……。

「エルトから離れたくなかったんだもん」

艶めかしい声が俺の耳を刺激した。


しばらく休んで落ち着いた俺たちは、宿の一階にある酒場へと繰り出した。

そこで適当な料理とお酒を注文する。

「それにしても、まさかエリバン王国だとはな……」

街に入った時に知ったのだが、ここはエリバン王国の第二都市ガイテルだ。

王都の東にあり、他国から王都に行こうと思えば必ず通る場所だ。

俺の故郷のイルクーツ王国はここからずっと東にある。順調に旅をしたとしても一ヶ月以上はかかるだろう。

「どうしたの、エルト?」

料理をつまんでいたセレナが首を傾げた。

「いや、俺が思っていたよりも遠い場所だったんで、どうしようか悩んでいたところだ」

馬車を乗り継いでいくにしても繋ぎが悪いと数日滞在することもあるだろう。そうするとどんどんと月日が流れていくのであまり良くない。

俺はふと考えると……。

「なるほど、明日さっそくやってみるか」

良い方法を思いついた。

「ふふふ、さすがエルト。もう解決したんだね?」

セレナはお酒を呑んでいるのか頬が赤い。

「ねぇ。これ味付けが面白いのよ、エルトも食べてみてよ」

そういうとフォークを口元にもってきた。食べてみると香辛料が利いていて美味しい。

「こういう店は酒をたくさん飲ませるために濃い味付けをするんだよ」

エルフの村では香辛料がなく、ハーブなどの香草で香りつけして料理をだしていた。

「へぇ、確かにこれはこれで美味しいからお酒がすすむわね」

セレナは機嫌よさそうに料理と酒を大量に摂る。

「あまり飲みすぎないようにな」

俺が注意をすると、

「あら、エルトが飲まなさすぎるのよ。ここは街中なんだからもう少しは羽目を外してもいいんじゃない？」

セレナが挑発をしてきた。確かに言われてみればその通りだ。俺はエルフの村でも誰にも迷惑をかけまいと振舞っていた。その結果として全力で楽しんでいなかった気がする。

目の前にはセレナがいて、安全な街の中。まだ故郷に着いたわけではないが、一つの節目を超えたと考え、たまには羽目を外すのも悪くないかもしれない。

「そこまで言うなら相手になろうじゃないか」

俺はセレナと杯を重ねると勢いよく酒を呑み始めた。


「う……頭が重い……」

意識を取り戻すと視界が暗かった。

結構長い間寝ていたような気がするのだが、周囲は真っ暗で何も見えない。

「スースー」

近くでセレナの寝息が聞こえる。

「えっと、明かりは……」

俺は暗闇の中手を動かすと……。

「……ぁん」

何やらセレナが艶やかな声を出した。俺は何かが触れた右手を動かしてみる。

「……あっ、あっ、いやっ、あっ」

柔らかい感触が指に伝わってきた。

それとともに何かが動き俺の顔に触れる。息を吸い込むと何やら落ち着く匂いがした。

どうやら何かに視界を塞がれているようだ。俺は後頭部を押さえつけている何かを丁寧にどけると顔を上げる。すると……。

目に涙を溜めながら俺を見ているセレナとばっちり目が合った。

「エルトのエッチ」

そう言われて俺は右手を見てみると、俺の手はセレナの胸を掴んでいた。

「セレナ、悪かった」

レストランで食事を摂るあいだ、セレナは俺の方を見ようとしなかった。

無理もない、寝起きの状態で、突然異性から胸を揉まれたのだから。

彼女は頬を赤く染めるとそっぽを向いた状態でパンを食べている。

俺は彼女の許しを得るために、じっとその仕草を見つめていると………。

「もういいわよ。お互いに酔った上での出来事だし」

セレナはようやく俺の方を向く。

「それに、私がエルトの頭を抱えてたんだもんね。私だって悪かったわけだし」

そう言いながらセレナの耳が真っ赤に染まる。俺は俺で先程の感触を思い出してしまい、身体が熱くなる。セレナと目が合う。どうにも気まずい雰囲気が流れていた。

それからしばらくの間、黙々と食事を摂る。お互いに何を言えば良いのか分からなかったからだ。そして食事が終わると……。

「今回は仕方なかったけど、次からは許可を得てから触ってよね」

セレナは俺の耳に唇を寄せるとそう囁いて逃げ出すのだった。


「それで、今日は何をするのかしら?」

食事を終えて街に出る。セレナは気を取り直した様子で話し掛けてくるのだが、瞳が潤んでいるのでまだ完全に意識の切り替えができていないようだ。

「とりあえず、この街を出るための準備だが、俺の考えではどれだけ急いでも一週間は掛かると思っている」

乗合馬車の予約にしてもそうだが、都合よく東の街に行く馬車に二人分の空きがあるかわからない。

だが、俺の生存に関しては、なるべくはやくアリシアに伝えなければならない。

「手紙を書こうと思っている」

この世界には手紙で連絡を取るという手段がある。

人や物資を運ぶのではなく、情報を運ぶ専門の人間がいる。彼らは街と街の間を馬や飛竜に乗って行き来しているのだ。遠距離なので値は張るが、手紙を出しておけば情報を届けることができる。

もっとも、手紙だけだと悪戯だと思われる可能性もあるので、時間は掛かっても帰らなければならないだろうが。

「ふーん、それなら確かにエルトの生存を知らせることができるわね。それで、誰宛に書くの？」

「前に幼馴染みがいると話しただろ？　アリシアという名前なんだが、彼女宛にするつもりだ」

なにせ身代わりに邪神の生贄になったのだ。彼女のことだから気にしているだろう。

「俺の両親はすでに亡くなっているからな。身内もいないから他に宛がないんだよ」

親が生きていれば心配を掛けないように手紙を書くのだが、考えても仕方ないだろう。

「エルト……」

セレナは寂しそうな声を上げる。

「えいっ！」

俺が両親について考えているとセレナが急に抱き着いてきた。

「どうしたんだ？」

俺はセレナに質問すると……。

「別に……何でもないし」

彼女はさらに力を込めて俺の腕を抱える。

「エルトはもう一人じゃないもん」

そのセレナの言葉に温かさを感じるのだった。


「……なるほど。『他国に行きたい』ね？」

手紙を書き終えた俺とセレナは乗合馬車組合を訪れた。

「はい、イルクーツ王国にどうしても行かなければならないんです」

「しかし身分を証明するものを持っていないと。そっちのエルフのお嬢ちゃんもだな？」

「ずっと森にいたんだもの。持っていないわよ」

憮然とした態度でセレナが答える。

「何か不味いことでもあるんでしょうか?」

係員が眉根を寄せて難しい顔をしたので、俺は聞いてみることにした。

「国外に出るには身分証明書が必要になるんだよ」

「それはどうしてですか?」

「どこの国でもそうだが、国境には関所が設けられている。そこを通る際に賞罰の有無と所属国をはっきりさせる必要がある」

詳しく説明を聞いてみると、所属不明の人間がそれぞれの国で悪事を働くことがあるので、外国に行くには身分証明書が必要らしい。

これはどうやら各国の取り決めらしいのだが、街育ちで外国に縁がない一般人には馴染みがない話だ。

冒険者や商人など、国を跨いで商売する人間にとっては常識らしいが。

「私はこの国の森の奥で育ったのだけど、そうなると外国に行けないというの?」

セレナが焦った様子を見せる。係員の人はそんなセレナに対し説明をしてくれた。

「他国に渡るために必要な物が二つある。一つはギルドランクだな。冒険者ギルドでも商人ギルドでも構わないが、いずれかのギルドに所属してある程度のランクを上げること」

これは信頼の問題らしく、未熟な人間が他国に入った後で路頭に迷い、強盗を働いたり詐欺をした事件があったらしい。

そうなると身元を保証している国と、その国で問題を解決しなければならない。

そうならないために、ある程度実績があるベテランでなければ身分証明書を発行しないようになったのだ。

「もう一つは金だな。身分証を発行するには一人につき十二万ビル掛かる」

先日泊まった宿屋が二人で一泊四千ビルなのでほぼ一月分の宿泊費同等だ。

「た、高くない⁉」

セレナが驚きの声を上げると……。

「あまり安くすると悪さをする人間が気軽に他国に行っちまうからな。国としても苦渋の選択なんだよ」

確かに、身分証明書さえ発行してもらえれば良いと考えている人間なら外国に渡って悪事を働くこともありえる。保証をする以上ある程度の保険は必要ということだろう。

「仮にギルドでランクを上げたとして、身分証明書はここで発行できるんですか？」

ここでごねても時間の無駄だ。俺は係員に確認をする。

「いや、それもここじゃできない」

「どこでならできるんですか？」

その問いかけに係員は答えた。

「王都の役所だな。そこでしか身分証明書は発行できない」

どうやら故郷に帰るには、まだ準備をしなければならないようだった……。

「ねえ、どうするの？」

乗合馬車組合を出るとセレナが早速俺に聞いてきた。

「考えられる方法としてまずは、この国で冒険者ギルドか商人ギルドに加盟して実績を上げること」

ひとまずこれが一番現実的な手段だろう。

時間はかかるだろうが、もしかするとアリシアに手紙が届いてなんらかの接触をしてきてくれる可能性もある。

それまでの間に働いてお金を稼いで待つ。そうすればいずれ故郷に帰ることができるので悪くはない案だろう。

「国境といってもすべてを封鎖できているとは思わないのよね。森とかに入って抜ければ私たちなら何とかなるんじゃない？」

そんな俺の考えに対し、セレナは抜け道をささやく。

「いや、やめておくべきだな」

「どうして？」

「俺たちが越えなければいけない国は全部で三つある。そのすべてに都合よく森があるわけでもないだろう。途中で計画を断念しなければならない可能性が高い以上リスクしかないからな」

「そっか……ごめんね、余計なことを言って」

そういうとセレナの耳が少し垂れる。どうやら意見を否定されたと思ったようだ。

俺はセレナの頭を撫でる。滑らかな髪の感触とセレナの温かさを感じ、いつまでも撫でていたくなる。

「俺のためを思って言ってくれたんだ。余計なことじゃない」

一人の思考では限界がある。こうして傍で提案をしてくれるのはありがたい。

「これからも何か思いついたらどんどん意見してくれ」

俺がそう頼むと、

「うん。わかった」

セレナは嬉しそうに返事をするのだった。

「冒険者登録を二人分お願いします」

ひとまず冒険者として活動することを決めた俺たちは、この街の冒険者ギルドのドアを開けた。

「はい、お二人様ですね、剣士と……えっ？」

俺たちの格好をみた受付嬢はまず俺を見て腰に下げている剣から剣士と判断する。そしてその視線を横に立っているセレナに向けたところで固まった。

「どうかしましたか？」

俺が聞くと受付嬢は我を取り戻した。そして……。

「い、いえっ、失礼しました！　エルフの方が登録するのは珍しいので……」

「そんなに珍しいんですか？」

「そうですね、この国ではエルフの冒険者は全部で五人いますが、いずれも優秀なハンターであったり精霊使いです。そちらの……」

「セレナよ」

名前を聞いた受付嬢は言葉を続けた。

「セレナさんは、もしかして精霊を使役できるか神がかった弓の腕前を持っていたりされるのですか？」

「神がかった弓の腕前はわからないけど、精霊とは契約しているわ」

その言葉に周囲で聞き耳を立てていた冒険者たちが沸き立った。

「すげえな、俺たちの街もとうとうエルフの冒険者を獲得できるのか」

「精霊魔法があれば楽にこなせる依頼もあるからな」

「それにしたってあの美貌だぞ。是非ともお近づきになりたい」

そんな声が聞こえてくる。

「それで、俺たち二人の登録は問題ないのですか?」

そんな周囲の興奮とは別に、俺は淡々と登録を進める。

「あっ、はい。むしろ大歓迎です」

歓迎されているのは俺たちというよりはセレナのようだ。受付嬢と冒険者の好意の視線が明らかにセレナに向かっている。

「それでは、こちらの用紙に記入をお願いします」

俺とセレナは紙を受け取ると記入をするのだった。

「では内容の確認です。登録者はエルトさんとセレナさんですね。エルトさんは剣士でセレナさんは精霊使い。これで間違いないですか?」

「ああ」

「ええ」

確認事項を一つずつ潰して行く。

「それでは初期登録費用に一人五千ビルお預かりしますが、宜しいでしょうか?」

受付嬢の言葉に俺は一万ビルを渡した。

「確かに受け取りました。それでは冒険者カードを発行しますので、そちらのクリスタルに手をかざしていただけますか」

「これに触ればいいんですか？」

「はい。こちらは古代文明の遺産で魔法のクリスタルです。ギルドでは冒険者の管理をこのクリスタルで行っております」

俺たちは言われた通りに手をかざすと、カードがでてきた。

「そちらが冒険者カードになります。今後討伐したモンスターはすべてそちらに記録される仕組みになっております。また、そちらのカードに魔法で依頼料が振り込まれます。冒険者が提携しているお店では財布代わりに利用することもできますので、紛失にはお気を付けください」

「へぇ、凄く便利ですね」

流れるような説明だ。毎日多くの冒険者に話をしているので慣れているのだろう。

「エルトさんとセレナさんは冒険者に登録したばかりなので、ギルドランクはFからのスタートになります。冒険者ランクは依頼を受ける時の目安になります。Fランクの依頼を十回達成するとEランクに、Eランクを十回達成するとDランクにと上がっていきます」

補足として連続して同じランクの依頼を三度ミスすると降格するらしい。

これはペナルティがないと、わざと仕事を受けたまま放置する輩が現れたりするからだ。

「次にパーティーについてです。低ランクの間、冒険者は単独で行動することが多いです。簡単な採集依頼であったり低ランクモンスターの討伐だったり。ですが、ランクが上がるにつれて討伐対象や採集するアイテムのレア度が上がります。そうなった時に一人で依頼を受けると失敗するリスクがありますので、大抵の冒険者はどこかのタイミングでパーティーを組むようになります」

「それって、誰とでも組めるのかしら？」

セレナの質問に受付嬢は首を横に振る。

「組めるのは自分と二つ離れたランクまでですね。パーティー登録の際にそれぞれパーティーランクが決まります。こちらも同じくFランクが最低でパーティーで五回依頼をこなすごとにランクが上がりますが二回失敗すると降格になります」

「なるほど、組む以上ミスは連帯責任になるわけですね」

俺の言葉に受付嬢は頷く。

「ここまでで何か質問はございますか？」

理解しているかの確認に俺はせっかくなので質問をする。

「高ランクになれば外国へ出るための身分証を発行してもらえると聞いているんですが、どのぐらいのランクになればいいんですかね？」

「個人であればCランク。パーティーでならBランクからになりますね」

Fランクと Eランクは駆け出し冒険者の扱いになるが、Dランクで一人前。それより上はベテランに数えられるようだ。

　そう考えると短時間でランクを上げるのは中々に難しそうだな……。

　俺がそんなことを考えていると、

「短時間でランクを上げたいんだけど方法はないの？」

　セレナが質問をした。

「基本的には既定の回数依頼をこなしてもらうのが一番早いですね」

　当然の受け答えをした受付嬢だが後に言葉を付け足す。

「ですが、例外があります」

「どんな例外？」

「災害級などの高ランクモンスターを狩ることですね。これらのモンスターは国や街に大きな被害をもたらします。これを狩ることができれば特例として冒険者ランクが上がることがあります」

　その際にはギルドマスターの承認が必要ですけど、と受付嬢は答えた。

「ですが、災害級なんてそれこそドラゴンとかそんなレベルですからね、おいそれと街や平原に現れたりしませんのでほとんど意味はないかと」

　確かに迷いの森を出てからというもの強力なモンスターはいなかった。俺たちが沈黙していると受付嬢は頷き、

「以上が説明になります。それではエルトさん、セレナさん。お二人の活躍を冒険者ギルドは期待しています」

そういうと笑顔を向けるのだった。

「とりあえず、どの依頼にしようか？」

あれから受付を離れた俺たちは、早速ギルドの依頼を受けてみることにした。

皆の注目を集めながら掲示板の前に移動する。

掲示板には討伐依頼から収集依頼など、多数の紙が貼られていた。

「そうだな、ここはゴブリン討伐依頼とかどうだろうか？」

まずは簡単な依頼からこなしていく。ゴブリンなら来る途中に結構見かけたし、奴らは街の近くの農場から家畜を攫って行くので被害を抑える意味でもやっておくべきだ。

故郷で散々被害にあってきたのでこの依頼の重要性はわかっている。

「なら私は採集依頼にするわ。一度に受けられる依頼は一つまでだし。このポーション用のハーブを十個採集なら簡単だしね」

セレナは植物の見分けが得意なので良い選択だ。

俺とセレナは依頼内容を確認すると受付に申請に行こうとするのだが……。

「おいおーいっ！　ちょっと待ちなよ」

冒険者の一人が声を掛けてきた。斧を背中に担いだ壮年の男だ。

「何か用でしょうか？」

俺が返事をすると、

「お前たち新人だろ？　俺たちが冒険者の心得って奴を教えてやるよからよぉ」

「へへへ」

いつの間にか囲まれている。スキンヘッドで顔に傷があるせいでいかつく見える男は笑っており、俺たちはその提案を――。


「よし、そこで正面から突っ込め。ゴブリンは見た目の通り身体が軽い。勢いでぶつかればあっさりと有利なポジションをとれるからな」

「はいっ！」

「ハーブもね、いくつかポイントがあるのよ。生えやすい場所を覚えておいて全部を摘まないようにすれば、また何日か経てば生えてくるの。そうすれば採集の手間が随分と減るわ」

「なるほど、勉強になるわ」

俺たちは現在、冒険者の人たちから指導を受けている。

指導をしてくれているのは街で中堅冒険者のラッセルさんのパーティーだ。現在のランクはBらしく顔が怖いが面倒見の良い人だ。いつも冒険者に登録したての人間に声を掛けては初心者にありがちな失敗を教えているらしい。

「よし、良いぞエルト。だが武器の威力に頼るな。若いうちから楽を覚えたら技術は伸びないからな」

迷いの森を踏破してきた俺とセレナなら、この辺に出るモンスターに負けることはない。

だが、冒険者にしかわからない独自のルールというのも存在する。今セレナが習っているハーブの摘み方もそうだ。

ゴブリン討伐にしたって討伐記録は冒険者カードに残るが、倒す場所とかについては指示がない。

民家近くの平原などにいるゴブリンを倒さなければ被害は抑えられない。

だが、数をこなすだけならば森に入って洞窟なんかを攻めればよい。

街に根付く冒険者として多少手間はかかっても皆が喜ぶようにと指導をしてくれていた。

「ありがとうございます」

そういう事情なのでこちらとしても素直に従っていると…………。

「よし、今ので十匹討伐したな。依頼完了おめでとう」

ラッセルさんはそう笑いかけてくるのだが、慣れてきても何かを企んでるようにしか見えないのは損をしていると思う。

「こっちもハーブの採集終わったわよ」

セレナが手を振っている。どうやら問題なく終わったようだ。

「よし、それじゃあ引き上げるとするか」

ラッセルさんの号令で俺たちは街へと引き返していくのだった。


「新たな冒険者仲間の初依頼達成にカンパーイ」

「「「カンパーイ」」」

ラッセルさんの音頭に全員が盃をぶつける。

テーブルの上にはこれでもかというぐらいに豪華な料理が並んでいて、俺たちの今日の稼ぎでは完全に赤字だろう。

「今日は俺の奢り(おご)だ。エルトもセレナの嬢ちゃんも遠慮なく食え!」

「でもそんな、悪いですよ。無償で指導をしてもらった上に飯まで奢ってもらうなんて」

「そうよ。せめて割り勘にしないと……」

ラッセルさんたちは俺たちの依頼を見届けていただけなので今日の稼ぎがない。

本来なら仕事を教わった俺たちが金を出してしかるべきなのだが……。

「気にすんなよ。俺たちも初心者に教えることで得るものはある」

「せめて今日の稼ぎの分ぐらい出させてください」

俺がそう言うとラッセルさんは酒をあおり、

「プハッー！　新人から金なんて取れるかよ」

「で、でも……」

「そうだな。その金はお前が一人前になって新人冒険者を指導する時にとっとけ。俺も昔先輩にそうやって奢ってもらったんだからな」

どうやらラッセルさんも昔、偉大な先輩に冒険者としてやっていくためのコツを教わったらしい。

「わかりました。この金はその時までとっておきます」

こうして代々冒険者たちは新人の育成を行っているのだろう。俺は段々とこの街の冒険者の人たちが好きになってきた。

料理を食べ酒を飲みながらもラッセルさんたちの指導は続く。

自分たちがこれまでの冒険で、どのような失敗をしてきたのか語ってくれたのだ。

酔っぱらっていることもあってか、面白おかしく話して見せるのだが、実際に危険を伴ったり冒険者を続けられないほどの怪我をした人間もいるらしい。

「冒険を続けられなくなった冒険者はどうするんですか？」

俺がそんな疑問を口にすると……。

「大抵は故郷の村や街に帰ってそこで警備をしたり、この街に留まって結婚して新しい仕事を見つけた奴もいるな。いずれにせよ冒険者なんて長く続けねえ方が良いんだよ」

冒険者はリスクのある仕事だ。街中と違って外には凶暴なモンスターもいるし、ダンジョンには凶悪なトラップがある。

死と隣り合わせのこの仕事は、長く続ければ続けるほど死ぬ可能性が高くなる。

「ラッセルさんは冒険者になったことを後悔したことはあるんですか？」

「俺は不器用な人間だからな。顔も怖いし、笑って見せると子供が大泣きするんだ」

「そうそう、村や街での依頼だとラッセルを代表にすると村人が怯えるんだよな」

「やかましいっ！」

そういって茶化してくる仲間を笑顔で一喝する。彼らの間には長年過ごしてきた信頼関係があるのだろう。

「だから働くとなった時に選択肢は冒険者ぐらいしか思いつかなかった。正直なところ、他の仕事をやってみたいと思ったこともあるが……後悔はしてねえな」

「どうしてですか？」

「それはな、エルト」

ラッセルさんはコップを見つめるとふと優しい表情を浮かべた。

「冒険者になったお蔭で、こうして最高の仲間と巡り合うことができたからさ」

その場にしんみりとした雰囲気が流れる。誰もがラッセルさんの言葉に聞き入っては嬉しそうな顔をしているのだった。

「良いパーティーだったわね」

宿に帰るとセレナが薄着になりベッドへと腰掛ける。先程のラッセルさんたちの姿を思い浮かべているのだろう。

「ああ、俺たちはついているな。冒険者になりたてであんな素晴らしい人たちに指導してもらえるなんて」

最初は俺たちを利用するつもりかと疑っていたが、思っていた以上に人の良い人たちだった。

「ねぇエルト」

「ん？」

「エルトの目的は故郷に帰ること。そのために冒険者の資格が必要だっただけなのよね？」

「……そうだな」

国外を出るための身分証が欲しかったから俺たちは冒険者になったのだ。

冷めた考えだと思う。とてもではないがラッセルさんたちの時間を使ってまで指導してもらうような立場ではない。

「エルトは故郷に戻ったらどうするの？」

ベッドに横たわったセレナは覗き込むように俺と目を合わせてくる。

「特に……考えてはいない」

もともとは農場で働いていただけだ。今更生きて戻ったところで代わりの人間が務めていることだろう。俺は戻ることばかり考えていて、戻ってからどうするかについては何一つ考えていなかったことに気付かされる。

「だ、だったらさ……私と……しない？」

「うん？　今何て？」

途中から小声だったのでよく聞き取れなかった。セレナは顔を赤くしている。

「だからっ！　もしエルトがその気なら故郷に戻ってからも私と一緒に冒険者をしないかって聞いてるのっ！」

その誘いに俺ははっとすると……。

「それも……悪くないかもしれないな」

セレナと一緒に冒険者を続ける。その傍らにはマリーがいて、皆で笑いあっている。そんな未来を想像した。

「よし、今日も討伐依頼完了だな」

「こっちも採集完了よ」

本日の仕事を終えると俺たちは冒険者ギルドへと引き上げた。

「大分仕事に慣れてきたわね……」

セレナは俺の横に並ぶと機嫌よさそうに鼻歌を歌っている。

「今日でちょうど一週間だからな。毎日これだけ依頼をこなせば慣れてくるもんさ」

仕事をしてみてわかったのだが、この街周辺に出現するモンスターはたいして強くない。試しに【解析眼】で見てみたことがあるのだが、せいぜいレベル30程度。

迷いの森にいるモンスターは最低でもレベル100を超えるので俺とセレナにはほとんど危険がなかった。

『マリーも精霊たちに指示して頑張ったのですよ』

「はいはい。マリーも偉いぞ」

「ん。マリーちゃんなんだって?」

セレナがマリーという言葉に反応する。

現在、俺はマリーと契約により繋がっている。そのお蔭でこうして頭の中だけでやり取りができるようになったのだ。

マリーは人間の前に姿を晒すのを嫌う。なので街中ではこうして頭の中だけで会話をしているのだ。

俺がマリーの言葉をそのままセレナに伝えると……。

「確かに。索敵から採集品のある場所まで教えてくれるから凄く助かってるわ」

マリーのお蔭で俺たちは一日に三回の依頼を受けている。

ギルドの規定で一度に受けられる依頼は一つなのだが、それを完了して時間がまだあるようなら続けて仕事をしてもかまわない。

大抵の冒険者はそこまで必死に稼ぐつもりがないので、一日に一度で止めてしまうのだが、俺たちははやくランクを上げたいので頑張っていた。

「今回の達成でパーティーランクも冒険者ランクも共にDになるな」

途中で一度冒険者ランクをEに上げたので今回で二度目だ。Dランクともなれば受けられる依頼の幅も増えるので、この機会に稼いでおきたいところだ。

「私たち、最近注目されているみたい」

冒険者ギルドに入るとセレナがそんなことを言った。

「そうなのか？」

「それはそうよ、登録して四日でEランクに昇格して、今もまたDランクに昇格するんだから。ここまでの昇格スピードはこの冒険者ギルドでも十位内に入るらしいわよ」

「さすがに一位じゃないんだな？」

迷いの森を踏破してきた俺たちよりも上がいるのは興味深い。

「一位は登録して二時間三十五分らしいわよ」

「どうやったんだ？」

「登録して速攻で街の外に出てAランクモンスターを一人で倒したらしいわよ」

それはまたとんでもない奴がいたもんだな。

「なんでも凄いユニークスキル持ちの男でレッドドラゴンを圧倒してみせたらしいわよ」

「それはまた凄いな……」

度胸もそうだが、レッドドラゴンを圧倒できるなんてにわかには信じられない。

「まあ、俺たちが注目されていることも理解したし、さっさとランクを上げておこうか」

俺はそういうと受付に向かうのだった。

受付の前が騒がしい。普段は隣接している酒場で自由にくつろいでいる冒険者たちまでがカウンター前に集結している。

『えー、というわけでこの依頼はDランク以上から受けることができます』

受付嬢が拡声器を使って皆に聞かせている。だが、途中からなのでどうにも内容がわからない。

「よお、お疲れさん。今日も励んできたのか?」

すると俺たちを見つけたラッセルさんが人をかきわけて近寄ってきた。

「これはいったいなんなんですか?」

もともと説明してくれるつもりだったのだろう、ラッセルさんは顔を近づけると、

「王都からの依頼でな、腕が立つ冒険者を集めているらしい」

「王都にも冒険者ギルドはありますよね？　そっちで集まらないんですか？」

向こうの方が抱えている冒険者の数も多いはずなのだ。

「ちょうどタイミング悪く、新しくできたダンジョンの探索に回っちまっているらしくてな。人手が足りないんだとよ」

「つまり、今回の依頼は急を要するってことなんですね？」

「どうしてそうなるの？」

俺たちが話しているとセレナが質問をする。

「時間的制限がなければダンジョンから高ランクの冒険者が戻ってきてからでも遅くないだろ？　それなのに他の街の冒険者に声を掛けるということは急がなければいけない事情があるってことだ」

おそらく、この街だけではなく周辺の街すべてに連絡が行っているに違いない。

「そうだ。急ぎってことは報酬もその分上乗せされる美味しい仕事ってことになるな」

ラッセルさんも俺の推測を支持してくれた。

もっとも、その分準備ができないのでリスクも高いのかもしれないが……。

俺がそんなことを考えていると、

「エルトとセレナの嬢ちゃん。今、冒険者ランクはどのぐらいだ？」

「これから依頼達成の手続きをしますけどDランクに上がるところですよ」

「ほう、さすがだな。ということは今回の依頼を受けることもできるってわけだな？」

確かにその通りなのだが……。

「ねえ、エルト。美味しい依頼なら受けちゃおうよ」

セレナも乗り気のようだ。

確かに依頼料が高い美味しい仕事なら迷う必要はない。

だが、それは依頼内容を確認してからだ。

「それってどんな仕事なんですか？」

「今回の依頼は国からで、かなり大人数の冒険者を投入するらしい。依頼料もそうだが、活躍をすれば兵士に取り立ててもらえるかもしれねえ」

その言葉で確信する。ラッセルさんたちは依頼を受けるつもりなのだろう。

「いいか、今回の依頼はな……」

俺たちはラッセルさんの言葉を聞くと驚いた。その内容というのが――。


【迷いの森の調査】

――だったからだ。

★

天幕の外は賑わいをみせ、多くの冒険者や兵士たちが集まっている。

「アリシア大丈夫？」

肩を叩かれたかと思うと、アリス様が心配そうに私を見つめていた。

「平気です」

現在、ここ『迷いの森』の手前にあるラウス平原にて大量の冒険者や兵士が待機している。

集まったのは実に二百名にも及び、これは一度に動員した人数でいうと、この国の歴史上二番目になるという。

「現在、外は冒険者たちで溢れていますので顔を出さないようにお願いします」

エリバン王国の騎士が私たちに向けてそう言った。

今回の騒動について、いくつか説明しなければならない。

ことの起こりは私たちがエリバンの王城を訪問した時だ。

私たちはエルトの生存を確認するために国を訪れた。一国の王女が他国を訪問する際に勝手な行動をとることは許されない。

万が一、王女に何かあったら国際問題に発展するからだ。

そんなわけで、アリス様ともども来訪目的を『迷いの森の調査』と告げたのだが……。

エリバン王国の人たちは驚いて顔をみあわせた。それというのも、最近迷いの森の様子がおかしくなっているらしい。

ここラウス平原でも、普段見かけないような強いモンスターが徘徊していたり、森の中から邪悪な気配が漂ってきたり。

そんなわけで、国としても放っておけないということになり調査を予定していた。そのタイミングで私たちが現れて同様の調査を依頼したので探りをいれているのだ。

渡りに船ということで、私とアリス様はエルトのことを秘密にしたまま、こうして調査に同行させてもらった。

最初は、他国の王族を危険に晒すわけにはいかないと渋い顔をされたのだが、こちらの情報が欲しいのか最後には折れてくれた。

だが、完全に自由行動というのは許されず、警護の名目で騎士がつきこうして天幕に待機することになっている。

「わかっているわ。だけど、何か成果があったら私たちにも教えて頂戴」

「かしこまりました」

騎士が外の様子を見に行くと言って出ていくと…………。

「もうっ！　自分たちで調査できないなんて歯痒いわね」

アリス様が腕を組むと不満をあらわにした。

「仕方ないです、せめて近衛の人たちが調査に参加できたのは良かったかと……」

ここまで護衛を務めた騎士たちの半分を調査へと派遣したのだ。

「それにしても、あなた落ち着いてきたわね……」

アリス様の言葉を聞きながら、私は迷いの森がある方向を見て腕を組む。そして…………。

「エルト。ようやくあなたの傍まできたよ」

そう呟くのだった。

★

「ん？」

「どうしたの。エルト？」

俺が声を出すとセレナが首を傾げている。

「いや、誰かに呼ばれた気がしたんだけど……」

妙に懐かしいような声が聞こえた気がするのだが……。

「マリーちゃんじゃなくて？」

「いや、あいつじゃないと思うんだけどな」

心がざわつく気がするが、おそらく気のせいだろう。

「それより、説明が始まるから静かにした方が良いわよ」

セレナの言葉に俺は口を閉じると前を向く。

冒険者たちが思い思いの場所に立って前を向くと、そこでは俺たちの依頼主であるエリバン王国の騎士が仕事の内容を説明していた。

『諸君ら冒険者には、私たち騎士のバックアップをお願いしたい』

この国の紋章が刻まれた鎧を騎士たちは身に着けている。

『最近、迷いの森から原因不明のモンスターが流出してきている。今回の我々の目的は凶悪なるモンスターの駆逐及び、原因の調査だ。諸君らはこの国に暮らす大事な民であると同時に勇気ある戦士だ。ここを抜かれると力なき街人や村人がモンスターの餌食になることを胸に刻み、依頼にあたって欲しい』

「ねえ、何が原因だと思う?」

騎士の話を聞いている間に、セレナは俺に話し掛けてきた。

今回の依頼を受けたのは俺たちが完全に無関係とは思えなかったからだ。

俺たちは少し前に迷いの森からでてきた。その時は特に気にしなかったのだが、森に何らかの変化があった可能性がある。

「それがわからないから探るんだよな」

そうであるのなら、この依頼を受けてはっきりさせなければならない。

俺は騎士の話を聞きながら、セレナとそんな話をするのだった。

『それでは、まず部隊を分けさせてもらう』

騎士により今回の調査方法が説明される。

『諸君らは全部で百八十人だ。まずはこれを六つのグループに分けるのだ。その際にグループを統括するリーダーを一人決めてもらう。そして六つのグループは、それぞれ離れた場所から森に入って行く』

迷いの森は広い。確かに大人数でやみくもに動き回るわけにはいかないだろう。

『そしてそのグループを六人一組のパーティーにするのだ。グループリーダーがいるパーティーを中心に四方に展開し北上していく』

いきなり大人数を指揮するなんてできるのだろうか？

『そこから三日進み、その場に一日滞在してから引き返してきてくれ』

その言葉に若干ほっとしたのは俺だけではない。

俺たちが懸念していたのは、迷いの森の奥深くまで進行されることだった。

森の奥にはエルフの集落もあるし、更に奥には邪神の城がある。

そこまで調査の手が伸びるとなれば面倒だし、何より森の奥には強力なモンスターがいるのだ。

「リーダーの選出方法はどうすればいい？」

ラッセルさんが挙手すると騎士は言った。

『諸君らは王都周辺の六つの街から集まってもらっている。それぞれの街でならリーダーにふさわしい人物を自分たちで選べるだろう?』

なるほど、よく考えられている。

まったく知らない人間がトップに立つと反発する者もいるだろう。だが、自分たちが認めている相手ならば受け入れやすいというわけだ。

「王国の兵士たちはどうするんだ?」

ラッセルさんが質問をしたからか、他の冒険者からも疑問が飛ぶ。

使い込まれた鎧に業物の剣。いかにもベテランと思われる雰囲気を漂わせた冒険者だ。

『我々はそれぞれのグループに三人ずつ同行するつもりだ。彼らには今回の調査の記録に加えて諸君らの働きを査定する仕事を与えている』

その言葉に冒険者たちがざわつく。

誰もが理解しているのだ。ここで功績をあげることができれば、国に召し上げてもらえる可能性があると。

『何か異変があればすぐに兵士に伝えるように。それでは半日後に森に入るので一時間後に各グループのリーダーは我々の下へ集まるように』

そう締めくくると、その場はいったん解散となるのだった。

「それにしても結局のところ、俺たちを利用してるんじゃねえのか?」

俺たちの街のリーダーは順当にラッセルさんになった。

現在は、迷いの森の調査について更に詳しい話を聞きに騎士の下へと行っている。

「でも出世のチャンスだよ。私たちが活躍すればラッセルさんが城に取り立ててもらえるかもしれないでしょ？」

俺とセレナは冒険者ギルドでもラッセルさんと行動をともにしていたので、何となく一緒にいる。

「ラッセルさんはかなりの腕だと思うのだけど、あれだけ強くても兵士になれないの？」

セレナがそんな言葉を口にした。

ラッセルさんと一緒に冒険をしてる二人は顔を近づけると説明してくれた。

「実はな、兵士登用の話もなくはなかったんだが……」

気まずそうな声を出す。

「当時、私たちもラッセルさんに拾ってもらったばかりだったのよ。それであの人『こいつらを放り出して行けるか』ってね。兵士の道を断っちゃったのよ」

いかにもラッセルさんらしい話だ。

「だからよ、俺たちはラッセルさんに恩返しがしたいんだ。今回の冒険で俺たちも立派に成長したというところを見せつけて送り出したいんだよ」

照れ隠しに鼻をかく。そんな彼を俺は尊敬の眼差しで見た。

「よし、それぞれのパーティーは完全に視界から外れないように気を付けて進んでくれ。モンスターとの戦闘になった場合は各自撃破。手に負えない相手だと判断したら知らせろ。後続から追い付いて戦闘に加わる」

森の入り口でラッセルさんの声がよく通る。

冒険者の皆が素直に聞いているのは日ごろのラッセルさんの活動のたまものだろう。

「基本的に北東・北西パーティーには冒険者ギルドの精鋭をだす。今から名前を読んでいくからでてきてくれ」

「普段のパーティーじゃだめなのかよ?」

冒険者の一人がそう言うと……。

「確かに日頃の連携を重視したいところだが、そうなるとせっかくの戦力を眠らせることになるからな。俺はそんな勿体ないことはしない主義なんだ」

何やら腹案があるようだ。ラッセルさんはにやりと笑うと……。

「というわけでエルト。お前は北東のパーティーだ!」

全員の視線が俺に集中した。

「リーダー、どうしてこいつなんだ?」

冒険者の一人が挙手をしてラッセルさんに疑問をぶつけた。

「こいつは冒険者に登録して一週間でランクを二つ上げたんだ」

周囲からざわめきが起こる。

「にしたって、Dランクだろう？　俺はCランクだぜ。そいつより上だ」

その冒険者の言葉にラッセルさんはニヤリと笑う。

「俺はこいつの冒険の指導をしたことがあるんだが、動きを見た限り相当な実力を秘めている。少なくとも俺と打ち合える程度には強いのは確かだ」

「ラッセルと打ち合えるって本当かよ……」

皆の視線が俺に向く。

「まあ、ラッセルが認めてるなら間違いねえな」

一人の冒険者がそう言うと、次々に皆が頷いていった。

「エルト、気を付けてね？」

セレナが心配そうに俺の手を握り締める。

彼女はエルフなので、森の地理に詳しい。そのお蔭でラッセルさんは中央の自分のパーティーに組み込んだ。

「俺は大丈夫だから」

周囲の目があるのであまり多くは語らない。そもそももっと少人数でここを抜けてきたのだから問題はない。それぐらいセレナもわかっているはず。

俺が目でそう訴えかけるのだが……。

「それとこれとは別よ。森はどんな脅威があるかわからないもん」

どれだけ心配性なのか、俺はセレナの頭を優しく撫でてやる。

「あー、コホン。エルト。お前らをばらけさせたのは悪かったと思っているんだがな……。お前らのイチャイチャぷりは周りの目に毒だ。そういうのは今回の調査が終わったあとで二人きりの時に頼む」

「なっ！」

ラッセルさんのからかいの言葉にセレナは口をパクパクさせて真っ赤になる。

「じゃあ、俺は前のパーティーに合流するから」

前を見ると血涙を浮かべた男どもが俺がくるのを待っている。これ以上刺激しない方が良いだろう。

俺はセレナの頭から手を離すと合流しようとするのだが……。

「あっ、待ってエルト」

セレナが顔を近づけると耳打ちをする。

「つ、続きはこの仕事が終わったらね」

そう言うと俺の心臓を跳ねさせて離れていった。

「エルト。敵は一匹とはいえフォレストウルフだ！　攻めるよりも守りに徹しろ！」
目の前には狼型のモンスターがいる。周囲の冒険者が険しい顔をしているので俺は解析眼を使ってみる。

種　族：モンスター
個体名：フォレストウルフ
レベル：104
体　力：300
魔　力：88
筋　力：222
敏捷度：450
防御力：278
スキル：速度増加・チャージ
備　考：俊敏な動きで敵を翻弄する。毛が固く、巨大な身体を利用してのチャージ攻撃が脅威。火の魔法が弱点。

「わかった！」

レベルにしてみると、俺やセレナに遠く及ばない。

だが、このフォレストウルフの脅威度はBランクになる。

Bランクとは同ランクの冒険者がパーティーで挑むことを推奨しているモンスターのことだ。

「後方の魔道士は火炎魔法を頼む！」

前衛の男は後衛に指示を飛ばすと自らが抑えに回るためにフォレストウルフへと突っ込んでいった。

「このっ！　寄るんじゃねえ！」

魔法が完成すれば倒せる。ここが気合の入れどころとばかりに剣を振るのだが……。

「グルルルルル」

フォレストウルフの敏捷度が高いせいで傷を負わせられない。

「エルト頼むっ！　一人じゃ抑えてられねえ！　ラッセルさんが認めたっていうお前の力を見せてくれっ！」

その言葉に俺は前に出る。

「あと少しで魔法が完成します。それまででいいので抑えてください」

後衛からも緊迫した声が届く。俺たちが抜かれると無防備なところをフォレストウルフに襲われる。最悪な想像がよぎったのだろう。

「任せてくれ。絶対に後ろにはやらない」

その言葉に反応したのか、フォレストウルフはターゲットを俺へと替えてきた。

「エルト！　行ったぞ！」

フォレストウルフが突進してくる。これが解析眼で確認したチャージのスキルというやつか。

「グルルルルアッーーーーーーー！！」

凄まじい威圧感が襲い掛かってくる。だが、ここで避けると後衛へとこいつは向かうだろう。

「させると思うか？」

俺は剣を横に構えると——。

「グアッ！」

——フォレストウルフの突進を受け止めた。

「グルッ！　ガルッ！　グッ！」

フォレストウルフは足を踏ん張り俺を押し込もうとしてくるが、俺はそれに負けじと押し返してやる。

「フォレストウルフのチャージを受け止めた……？」

「……うそ？」

前衛の男と後衛の女がありえないという声をだす。

「魔法が完成したら頼むっ！」

俺がそういうと………。

「エルト離れてっ！　【ファイアーストーム】」

後ろから炎の嵐が迫ってくる。火の中級魔法のファイアーストームだ。

「よし、俺の役目はここまでだな」

「グギャッ！」

俺はフォレストウルフの胴体に蹴りを入れると体勢を崩してやる。

次の瞬間炎に巻き込まれたフォレストウルフは――。


「ギャアアアアアアアアアアア！」


火だるまになりながら悲鳴を上げた。

「よし、後衛は水魔法を頼む。俺たちはフォレストウルフが逃げないように囲めっ！」

ここで逃がすと火事になる。即座に鎮火できるように後衛は水魔法を唱え始めた。

「エルト、鎮火したら突っ込むぞ！」

まもなく水魔法が完成した。

「【スコール】」

水の塊がフォレストウルフを直撃し、火が消える。

「とどめだっ！」

前衛の男が飛び出し、フォレストウルフの首を落とすと戦闘が終了した。

★

迷いの森の途中に広場を見つけると、エルトたちのグループはそこで野宿をすることにした。

すでに日も落ちており、いくつかの場所では焚火を起こしていた。

その焚火の周辺では、本日活躍した冒険者やエルトがくつろいでいた。

「悪いな、料理を任せちまって」

ラッセルは片手をあげると、拝むようにセレナに言った。

「構わないですよ。今日は結局一度も戦わなかったので何もしていませんし」

迷いの森に進行すると、浅い場所では現れないようなモンスターと遭遇したのだが、エルトや冒険者が倒してしまった。

お陰で予備戦力の出番はなく、ラッセルなどの中心パーティーの他、南東・南西パーティーも体力に余裕がある。

「それに、私料理するの好きだから」

正しくは、エルトに食べてもらえるのが嬉しくて好きになったのだが。

セレナは微精霊に命じると綺麗な水を鍋へと注ぐ。

「さて、捌いておいたフォレストウルフの肉を煮込みますね」

セレナが作っているのは本日倒したフォレストウルフの肉を使ったシチューだ。

そこらに自生している食べられる植物を鍋に放り込み、肉をくわえる。

ハーブなどは香辛料の役割を果たし、肉の臭みを消しつつも味わいを引き立ててくれる。

「にしても、他のグループの連中には見せられねえな。野宿でこんな飯にありつけるとは……」

ラッセルはそう言いつつ良い匂いが漂ってくる鍋を見ている。もう少しで出来上がるとなったところで………。

「はやくしないか！　いったい何時間待たせるつもりだっ！」

振り向くと、王国の兵士たちが立っていた。

その立ち居振る舞いは完全に冒険者を見下すものだ。

「なぜ王国兵士長の俺がこんな危険な森にこなければいけないのだ。しかも野宿だと？」

どうやら今回の調査に不満があるらしい。もともとは城勤めの兵士が街の外に出るのは珍しい。だが、今回は他国からの要請もあったので、冒険者に任せきりというわけにはいかなかった。

結果として、兵士の中でも城からいなくなっても困らない人間が選ばれて調査に向かうことになったのだ。

「もうできているのだろう。さっさと食わせないか」

兵士長が近寄りシチューをよそおうとする。

「ちょっと！　まずは今日一日戦って疲れている人たちからに決まってるでしょ」

そんな王国の兵士の態度にセレナはむっとすると答える。

「なんだ貴様！　私に逆らうのか！　エルフの分際で！」

「まぁまぁ兵士さん。こんなところまで同行大変ですよね」

ところがセレナのその態度が気に障ったのか兵士は怒りだした。

「そうですよ。フォレストウルフの肉は滅多に食べられないのでいっぱい食べてくださいね」

ラッセルと同じパーティーの冒険者が慌てて間に入る。

「ちょっと！　あんたねぇ……」

セレナが険しい顔をして言い返そうとすると……。

「落ち着け」

エルトが肩を叩いてそれを止めた。

「エルト。だって……」

なぜ止めるのか？

悲しそうな表情を浮かべるセレナに、

「ラッセルさんの兵士昇格がかかってるんだ」

年齢からして今回のチャンスを逃した場合、ラッセルが王国に登用される道は残されていないだろう。

だからこそラッセルの仲間も下手にでているのだ。

セレナはエルトと目を合わせる。そしてその表情を見て落ち着くと……。

「わかったわ。兵士さんたちから配るわよ」

そう言うと配膳をするのだった。


「全く、国のお偉いさんは命令するだけでいいから楽だよなぁー」

シチューを食い大声で愚痴を垂れ流す兵士。

「クズミゴ殿、ここは迷いの森。あまり大声で騒がれてはモンスターが寄ってきてしまいます」

夜はモンスターたちの活動が活発になる。これだけの人数がいれば警戒して襲ってこないだろうが、迷いの森の異変を考えると油断できない。ラッセルは注意をするのだが……。

「なんだ貴様は、私は査定権を持っているのだぞ！」

その言葉に周囲の視線がクズミゴへと向かう。

「まったく。料理も期待したほどではないし、貴様らの態度ときたら。我が王国は貴様らにキャンプをさせるために雇ったわけではないのだぞ。文句を言う暇があったら周囲を見回ってモンスターがいたら倒してくるぐらいしたらどうだ！」

「……嫌な奴」

セレナはぼそりと呟く。

この場の全員がラッセルの昇格を望んでいて歯向かうことができない。

クズミゴはそれを知っているのか、自分の立場を振りかざす。

「いいか？　ベースに戻った時に余計なことをいうんじゃないぞ？　もっとも、貴様らのような冒険者の言うことなど誰も信じないだろうがな」

自身が嫌われているのを自覚しているのか、そんな言葉を口にした。

結局クズミゴは周りに散々不満をぶつけ続けていたのだが、冒険者が持っていた酒を呑むと酔いつぶれて寝てしまった。

こうして調査一日目は波乱を予感させつつ過ぎていくのだった……。


「人間共が罠にかかったようだな……」

森の奥にて。アークデーモンは赤い眼を光らせた。

「途中で魔力の反応が途絶えてしまったのは不思議だったが……」

虹色ニンジンを採った人間を探していたのだが、街が近づくとその反応が消えてしまった。

盗んだ本人が追っ手を撒くためにそこでロストしたのか、とにかく手掛かりがなくなったのだ。

「その後、人間の国で虹色ニンジンが売っていた」

エルトが商人たちに虹色ニンジンを売ったため、その商人たちが王国の各街へと向かいそこで虹色ニンジンを売りさばいたのだ。

「お陰でどこに虹色ニンジンが運ばれたかわからなかった」

なのでアークデーモンは次の手を打った。

「モンスターを煽動すれば迷いの森に入ってくる。虹色ニンジンを採取した場所で何か起これば、様子を確認しにくるかもしれない」

ニンジンを盗んだ奴かは分からぬが、締め上げてみれば何か情報が得られるだろう。

「このままでは済まさぬからな。人間どもめ」

アークデーモンの呪詛が闇に溶けていくのだった……。

★

「よし、皆。今日はここで野宿をする。一日滞在して問題がなければ引き返していくから、そのつもりでいてくれ」

調査に入ってから三日目。ラッセルさんは、疲労が濃い俺たちにそう伝えた。

「ふんっ！　ようやく着いたか」

クズミゴが悪態をつく。こいつはここまでの道程で散々文句を垂れていた。「疲れた」「飯が不味い」「もっと敬え」。

　こいつがわがままを言うたびにラッセルさんたち中央のパーティーが相手をさせられた。正直な話、モンスターとの戦闘の方が全然楽だっただろう。

「エルト、一緒に休みましょう」

　セレナが声を掛けてくる。どうやらクズミゴから少しでも離れたいようだ。

「ああ、そうだな」

　俺とセレナは周囲を見回りするラッセルさんに伝えるとその場を離れた。

「食べるか？」

　二人きりになったところで俺は虹色ニンジンをとりだす。

　俺の能力は秘密にしているので人気のない場所でないと手持ちの食材を取り出せないのだ。

「うん、ありがとう」

　セレナは虹色ニンジンを受け取ると幸せそうに食べ始めた。

「それにしても異変の内容がはっきりしなかったわね」

　セレナは真剣な様子でこれまでの調査に関して口にする。

「そうだな。強いモンスターと遭遇したが、原因になるようなものは見当たらなかった」

　突如森からモンスターが湧きだしたのでその原因を探るのが今回の依頼だったのだが、どうやら徒労に終わりそうな気がする。

「あとは明日をこの場で過ごして戻って報告するだけだ」

とはいえ、結構な数のモンスターを倒したので当面の脅威は取り去ったのではないかと思う。

「ううう、嫌だなぁ……。あの兵士……人間嫌いになりそう」

さんざん嫌がらせを受けたセレナは、まるで目の前にクズミゴがいるかのように怒りをみせた。

「でも……ラッセルさんにはお世話になったもんね。我慢しなきゃ……」

溜息を吐くセレナ。俺は彼女の頭を撫でるのだが…………。

『マスター大変なのですっ！』

「どうした。マリー？」

これまで沈黙していたマリーが話し掛けてきた。俺はセレナの頭から手を離すと彼女の言葉に耳を傾ける。

すると、彼女はこう言うのだった。

『アークデーモンが現れたのですよ』

「ラッセルさん！」

俺とセレナは慌ててベースへと戻るとラッセルさんを探す。

「どうしたエルト？」

「今すぐここから避難してくれ！」

俺は簡潔に用件を述べた。

「あん？　避難も何も、今からここで待機するところだろうが？」

怪訝な顔をするラッセルさん。事情を知らなければ俺の豹変ぶりに驚くのも無理はない。

「エルトの言う通りよ。あまり説明をしている時間はないの。お願いだから信じて」

「なんだ？　また騒ぎを起こしているのか？」

クズミゴが騒ぎを嗅ぎつけて寄ってきた。

「聞いてくれ、今からここに強力なモンスターがやってくる」

「なんだと？　なぜそんなことが貴様にわかるんだ？」

クズミゴは胡散臭い者を見るような目を俺に向けた。

「私の精霊が教えてくれたのよ。急がないと手遅れになるわ」

次第に周囲に人が集まってくる。俺たちが騒いだからか注目を集めたようだ。

ラッセルさんはアゴに手をあてると俺たちを見ていた。どうするか悩んでいるように見える。

「ふざけるなっ！　本当にそんなモンスターが来るかわからないだろうがっ！　だいたい、貴様らの仕事はこの迷いの森の調査だ。その調査を妨害するようなモンスターなんぞ倒せばよかろう。この場の最高責任者は私だ！　文句がある奴は前にでろっ！」

この場で決定権を持っているのは雇い主である国の代理人クズミゴだ。

「あんたねぇ……今の状況が分かってるの？　そう簡単に倒せる相手なら私たちもこうして…………」

「セレナ」

「何よ！　エルト！」

俺はセレナを黙らせると空を見上げる。そして皆の気を引くと視線を誘導して言った。

「もう手遅れだ」

目の前には黒い肌に翼をはばたかせた赤い瞳のアークデーモンが飛んでいる。

「こ、こんな……ばかな……」

クズミゴが腰を抜かしている。そのアークデーモンは強烈な瘴気を放ち、それに触れた者は恐怖で身体を崩れさせる。

「ぐふふふ、愚かな人間どもがおるわおるわ」

赤い瞳を輝かせるとアークデーモンは俺たちを見渡す。そして…………。

「我はアークデーモン。デーモンロード直轄の十三魔将の一人だ」

「あああ、アークデーモン、アークデーモンだと⁉」

クズミゴが取り乱すと歯をカチカチさせて後ずさった。

「人間どもよ。貴様らの中で一番偉い奴は誰だ？」

俺たちの視線がクズミゴへと向かう。

「ん。貴様か？　たいして強くなさそうだが？」

「ひいっ！」

アークデーモンの視線を受けたクズミゴは恐怖に身体を震わせている。

「俺がこの部隊を纏めている代表だ」

そんなクズミゴを庇ったのか、ラッセルさんがアークデーモンの質問に答えた。

「ほう、貴様がそうか？」

もともと小物に興味がなかったのか、アークデーモンはラッセルさんを見ると、

「俺たちは迷いの森の様子がおかしいから調査に入ってきた。もしかするとあんたが何かしたのかい？」

ラッセルさんはアークデーモンに物おじすることなく質問をする。

「いかにも。この度の騒動は我が起こしたものだ」

「いったい何のためにそんなことを？」

警戒しつつ、いつでも戦えるように周囲に視線を送る。

皆はラッセルさんが話をしている間に防具を身に着け戦闘をするための準備を整えた。

「奪われた物を取り返すためだ」

「その奪われた物というのは？」

「虹色ニンジンだよ。ステータスの実と同時に食べることで、その効果を倍にしてくれるステ

ータスアップ食材だ」

俺はセレナと顔を見合わせる。

「生憎心当たりがねえな」

「そうか」

「だが、それを突き止めて返せば、この場は引いてくれるのかい？」

ラッセルさんはアークデーモンを相手に交渉を続けていた。

この場の全員の命を預かる者として弱腰になれないのだ。

そんなラッセルさんの気持ちとは裏腹にアークデーモンは結論を出す。

「いや、どちらにせよ殺すつもりだったからな。貴様ら人間なんぞこの世界の害。滅ぼさぬという選択肢はないわっ！」

「くっ！　仕方ねえやってやる！」

ラッセルさんの言葉を合図に皆が武器を構える。

「ひっ！　わ、私は無関係だあああああああーーーー‼」

その一瞬でクズミゴが身体を起こして慌てて森の方へと走り去っていった。

「あ、あいつっ！　本当に最低っ！」

セレナが軽蔑の言葉を投げかけると………。

「皆、相手はＳランク認定されているアークデーモンだ。俺が時間を稼ぐから他のグループに救援を要請してくれえええええ」

　その言葉を皮切りに戦闘が開始されるのだった。

★

　目の前には人間の冒険者たちが剣を構えて険しい表情を浮かべている。

　どいつもこいつも及び腰で、俺が瘴気を強めればたちどころに恐慌をおこすだろう。

「ん？」

　そんな中に異質な者を俺は見つけた。若い人間の男とエルフの女だ。

　この二人はまるで俺を恐れていないのか、武器を持つとこちらの出方を窺っている。その態度に若干の苛つきを覚えるのだが…………。

「ど、どうしたっ！　かかってこい！」

　そんな中、この集団のリーダーを名乗っていた男が挑発してきた。

　俺はそいつを観察していると……。

「なぜかかってこない！」

「ん。どうした？　救援を呼びに行ったのだろう？　待っててやろうというのだ」

「なっ⁉」

　男から恐怖の感情が湧きおこる。我らデーモンにとっては人間の恐怖は極上の御馳走なのだ。

「俺としても移動するのが面倒なのでな、人数が揃うまでは攻撃をしないでやろう」

把握している限り奴らはこの近辺に点々とベースを構えている。

それらを一つずつ潰して回るのは効率が悪かろう。それならば全員が集まってから叩いた方が楽というもの。

「ふざ、ふざけやがってええええーーー！」

冒険者の一人が剣を抜くと俺に斬りかかってきた。

「【ダークウェイブ】」

「ぐあああああああああああああああっ！」

黒の衝撃波が男を包み込む。身体に黒い靄がとりつくと、男は苦しそうに叫び続ける。そして…………。

「クレッグ⁉」

男は動かなくなった。どうやら死んだらしい。

「はっはっはーっ！　脆い！　脆すぎるぞ！　せめて少しは俺を楽しませて欲しいものだなっ！」

周囲から感じる恐怖の感情。それが心地よい。

俺は人間どもから向けられる感情に身を委ねていると…………。

――ゾクリッ――

「なん……だ？」

内面から今まで体験したことのない感情が動く。

「エルト。まだこの人、息があるよ……」

いつの間にかエルフの女がクレッグとかいう男を見ていた。

「ふん、息があるだと？　だからどうした。俺の【ダークウェイブ】は邪神の技を真似、五百年かけて編み出したのだぞ。身体の内側から蝕み、いかなる治癒も意味をなさない」

黒い衝撃が身体を包み込み内側からズタズタにするのだ。最上位の回復魔法ですら治しきれるものではない。だが……。

「俺が見よう」

若い男が近寄ると、何でもないようにクレッグに触れる。

「【パーフェクトヒール】」

次の瞬間、白い光がクレッグを包み込んだ。

「あれ。俺はいったい？」

「なななななぁっ!?」

俺はアゴを大きくひらくと驚く。

「クレッグ、お前死にかけてたんだぞ」

「もしかしてお前が助けてくれたのか？」

「間に合って良かったです。もう無茶はしないでくださいよ」

クレッグが起き上がると男に礼を言った。どうやら本当に治っているようだ。

「ふざけるなっ！　俺の【ダークウェイブ】は身体の内から蝕む攻撃だぞ！　貴様程度に治せるわけがない！」

俺の怒鳴り声に、周囲の人間共が俺に注目する。だが、その表情は先程までの恐怖を纏っておらず………。

「人が集まるまで待つというから静観してましたが、これ以上は見過ごせない」

男が歩いてくる。すると俺の中に何かの感情が生まれた。

「エルト。どうするつもりだ？」

リーダーの男がエルトという男へと質問をする。

「こいつの相手は俺とセレナがします。皆は巻き添えを食わないように避難していてください」

「エルト無茶だ！」

「ほざくなよっ！　人間めっ！」

俺は湧き出す怒りと共に目の前のエルトへと攻撃を開始した。

「【カオスウイング】」

俺は空に浮かび上がると自分の翼をはばたかせ衝撃波を叩きつける。

この技は瘴気を纏わせた風をおくることで継続ダメージを与えるもの。広範囲を攻撃するので、避けようがない。

「【ウインドシールド】」

だが、エルフの女が魔法を唱えると風の膜が出来上がった。

「小癪なっ！」

「きゃあああああっ！」

一瞬耐えたようだが、力を込めると風の膜は吹き飛んだ。

「精霊魔法程度で防げると思うなよ？」

エルフの中には生まれつき特殊ステータスを持つ者がいて、精霊を使役することができる。

目の前のエルフはどうやら風の精霊と契約をしているようだ。カオスウイングが直撃しなかったせいか、エルフがよろけながらも立ち上がる。その瞳は俺を睨みつけているのだが……。

「油断大敵だぞ」

「なっ！」

風の魔法で飛ばされてきたのか、気が付けばエルトが俺の前まで迫っていた。

「く、くそおっ！」

咄嗟に腕を出しガードをする、デーモンの身体は生半可な武器で傷をつけることはできない。受け止めた上でカウンターを叩きこむ。そう考えていたのだが…………。

――ザンッ――

黒い腕が宙を舞っていた。一瞬、思考が停止した。だがすぐにそれが俺の腕だとわかると……。

「ぐあああああああああああああっ！」

「ついでに翼も奪っておくか」

背中に感じる痛み。そして落下していく身体。

俺は地面に激突した。幸いなことに枯れ落ちた葉が積もっていたので、さしてダメージはない。

「おのれっ！　俺の身体を斬ったばかりか地に足をつけさせただとっ！」

高い位置から見下ろされる。これまで感じたことのない屈辱に俺は上空に浮かぶエルトを睨みつけた。

「どうした？　まだやるのか？」

肩に担ぐ剣を見る。その剣に見覚えがあった。

「そ、その剣はまさかっ！」

デーモンロードと共に邪神の城を訪ねた時に邪神の後ろに飾られていた【神剣ボルムンク】。

かつて勇者と呼ばれた人間が邪神に挑み唯一傷をつけた武器。そんなものをなぜこの男が……。

「ん。この剣を知っているのか？」

エルトが無造作に近寄ってくる。この剣がここにある理由と魔人王が『最近邪神が沈黙している』という言葉が蘇る。

その時になり、初めて俺は自分が抱いている感情を示す言葉がわかった。

俺がエルトに抱いている感情。

それは――。


【恐怖】


――に他ならなかった。

「まあいいさ。ここで逃がすと厄介そうだし、余計なことを言われる前にその口をふさぐとしよう」

まるで薬草を摘み取るような気楽さで俺の命を刈り取ろうとする。

「あああ……」

焦りが生まれ、近寄ってくるエルトに俺は……。

「だ、【ダークウェイブ】」

最後の賭けとばかりに全力を振り絞った渾身の一撃を放った。だが……。

「なん……発動しない？」

感触はあった。だが、発動した瞬間何かに吸い込まれたかのように消えてしまった。

「くっ！　こうなったらっ！」

「あっ！　飛んで逃げるっ！」

エルフの女が叫ぶ。デーモンにとって翼は飛行のために必須の部位ではない。

この巨大な身体は魔力によって構成されており、純粋な物質とは言い難い。空を飛ぶだけならば魔力を操作すればできなくはないのだ。

「くっくっく。油断したなっ！　だが、お前という存在を知ることができたのは収穫だった。今は引き下がる。だがこれから先、枕を高くして眠れると思わぬことだなっ！」

神剣とエルフの存在も知っていれば対処できる。今回後れをとったのは情報が不足していたからだ。俺は最後にエルトの悔しがる顔を見ようと身体を傾けるのだが………。

「馬鹿なっ！　それは……っ！」

エルトは両手を胸の前で近づけていた。そしてその中心には黒い波動があった。

俺のダークウェイブとは比べ物にならないほどの存在感を放つ。

「ま、まさか貴様が……」

次の瞬間、それが解き放たれた。目の前に黒い波動が迫る。

俺が最後に目にしたのは、その波動が身体を貫く光景だった……。

調査隊が森に入ってから一週間が経過した。

幸いというべきかベースを襲いに来るモンスターはほとんど存在せず、詰めている騎士や兵士は淡々と仕事をこなしながら報告を待っていた。

そんな中、見張りの兵士が森の方を見ていると、

「誰か戻ってきたぞ」

まだ遠目に映る程度だが、一人の人間がベースへと向かってきている。

「あの鎧は……我が国の兵士か」

自分たちも身に着けているものなので間違いようがない。

「誰か、馬を出せ！　戻ってきた兵士を迎えに行くんだ！」

指示が飛び、ベースは一週間ぶりの緊張に包まれるのだった。

「それで、いったい何があったのだ？」

ベースを取りまとめている騎士は目の前のクズミゴへと質問をした。

鎧は泥やら粘液やらで汚れており、髪は粘性の何かで固められている。

必死で逃げてきたのだろう、身を清潔に保つ余裕がなかったのかクズミゴからは異臭が発せられていた。

誰もが鼻をつまむなか、クズミゴは涙を流すと訴えた。

「迷いの森の奥地にアークデーモンがおりました！」

「なっ⁉　アークデーモンだとっ！！！」

デーモンとはこの世界で邪神に次ぐ天災として認識されている存在だ。

過去に様々な国がデーモンの暗躍により滅んでいる。

「それは……真の話なのか？」

にわかには信じがたく、騎士はクズミゴに確認をとった。

「間違いありません。此度の迷いの森の異変はアークデーモンの仕業だと本人が言っておりました」

クズミゴの言葉に騎士は事態が深刻であることを把握した。

「さすがにそれは見過ごせん。誰か、至急王国に早馬を飛ばしてくれ。騎士団の派遣を要請するんだ」

アークデーモンといえばSランク認定されているモンスターだ。発見したのなら国が総力を挙げてでも始末しなければならない。

　今こそ世界の危機に立ち向かうべきと騎士は判断をする。

「そういえば、あの方たちは？」

　騎士は逡巡するとイルクーツ王国から訪れた王女の存在を思い出した。

「今は席を外しております」

　身を清めるために近くの泉に行っているのだ。

「では戻り次第、護衛の半分をつけて王国へと引き上げてもらう」

　Sランク相当のデーモンが存在するのだ。他国の姫君を危険な場所に置いておくわけにはいかない。

「クズミゴ兵士長」

「はっ！」

　騎士に名前を呼ばれるとクズミゴはかしこまった態度をとった。

「此度の情報、誠に大義であった。貴君の情報がなければ王国はデーモンによって滅ぼされていたやもしれぬ。私は国に戻ったらこの功績を王国に報告するつもりだ」

「あ、ありがたき幸せです」

　クズミゴは俯くと歓喜に震えた。アークデーモンに遭遇した瞬間は死を覚悟した。

　その場を逃げ出すことに成功したが、危険なモンスターがいつ襲ってくるかもわからない迷いの森。

目印を辿り、最低限の休養しかとらずに足を動かしたが、ずっと生きた心地がしなかった。

迷いの森を抜けた時には「これでようやく助かった」と涙を流したものだ。

その甲斐もあってか、自分は今評価されている。

アークデーモンの情報は値千金に匹敵する。かつて他国の軍事作戦を盗み出し、戦争の勝利に貢献して出世した兵士もおり、情報は非常に貴重なのだ。

（ようやく、俺にも運が向いてきた）

誰からも見えぬようにクズミゴは下卑た笑みを浮かべた。

「時にクズミゴ兵士長、他の調査隊の人間はどうなったのだ？」

ビクリと身体が震える。クズミゴは冒険者や同僚の兵士を囮にして逃げてきたからだ。

だが、クズミゴが動揺したのはその一瞬だけだった。

「じ、実は他の者たちは私を逃がすためにアークデーモンと戦い……」

俯き悔しそうな声を出してみせる。

「ですが、彼らの助力なくして私はこうして情報を届けることができなかったのです」

目に涙を浮かべ訴えるクズミゴに騎士は悔いた顔をすると……。

「そうか、辛いことを聞いてしまったな」

騎士は優しい目でクズミゴを見た。

「あとのことは我々に任せてゆっくり休め」

その言葉を聞いた瞬間、クズミゴは勝利を確信する。

(やったぞ、あいつらはアークデーモン相手に生きて帰れるはずがない。俺が持ち帰った情報で国が救われる。つまり、俺は救国の英雄になるんだ)

これまで危険な任務や大変な仕事を他人に押し付けてきたクズミゴだが、自分がこうして兵士になったのは、この時のためだったのだと確信した。

「勿体なきお言葉。ですが、私もさすがに疲れておりますゆえ、お言葉に甘えさせていただきたく思います」

後のことは王国の騎士が対処するだろう。クズミゴはようやく安心して眠ることができると気を抜くのだが…………。

「たっ、大変ですっ！　騎士様！」

「どうしたっ！」

兵士の一人が血相を変えて現れた。

クズミゴはそんなもの知ったことかとばかりに休もうとするのだが、

「調査隊が戻ってきました！　見る限り、全員無事なようです！」

「ふぇっ？」

どうやらクズミゴの安息はまだ遠いようだった……。

★

俺たちは迷いの森を抜けベースへと戻ってきた。

奥へ向かった時と同じように集団で行動をし、身体を休める。

だが、アークデーモンを倒した俺とセレナがいたお蔭か、皆は気楽な様子で森を歩いていた。

道中、俺とセレナは皆から俺が使った武器やスキル、セレナの精霊魔法について質問をされて困っていたが、ラッセルさんが「恩人たちに対してしつこく聞くな」と止めてくれたので助かった。


「それで、冒険者のエルトといったか？　君の口から報告を聞きたいのだが……」

皆なぜか俺に従い始めたせいでリーダーにさせられてしまい、現在はこうして騎士の下へと代表で立たされている。

「はぁ、まあ」

テントの中には騎士数名をはじめとしてクズミゴがいた。どうやら迷いの森から無事に逃げ帰ってきたようだ。

「だいたいの報告はそちらのクズミゴさんから聞かれているのではないですか？」

俺が名指しをすると、クズミゴがビクリと肩を震わせる。

「うむ、そうなのだがな……」

どうにも歯切れが悪い態度だ。

「まあ、話せと言われるのでしたら報告しますけど」

俺はそういうとどこまで話すべきか考えるのだが……。

「いやあ、君たち無事でよかった！　私も心配したのだよ！」

クズミゴは親しげな笑みを浮かべると俺に近寄ってくる。

すると鼻が曲がる臭いが漂ってきた。

「『ここは俺たちに任せて先に行け！』、あの言葉を信じて俺は決死の覚悟で迷いの森を駆け抜けた。本当に命懸けだったが、お蔭でこうしてアークデーモン出現を上に報告することができたのだ」

臭いに耐え切れず眉をひそめていると、クズミゴは俺の手を取り握手をしてきた。

騎士と俺の間に入り視線を遮る。

お陰で俺の視界にはクズミゴが映るのみ。

クズミゴは笑みを浮かべると俺だけに聞こえるように呟く。

「俺に話を合わせろ。俺に任せればお前たちが気にかけていたラッセルとかいう奴を兵士にしてやる」

その必死な様子に俺は首を縦に振る。するとクズミゴは気持ち悪い笑みを浮かべると離れた。

「それで、報告はどうなのだ？」

騎士に再度問いかけられた。クズミゴが頷く中俺は、

「俺たちは森の奥でアークデーモンに遭遇し、これを討伐しました。以上です」

「「「なっ……!?」」」

俺の報告にその場の全員が驚く。

「えっと……その討伐したというのは撃退して逃げ延びたという意味だろうか？」

騎士が額に汗を流しながらも俺に聞いてくる。

「いえ、言葉通りの意味です。俺たち冒険者が協力して討伐しました」

「嘘をつくんじゃない！　お前たち冒険者ごときがあのアークデーモンに勝てるわけがなかろう!!」

クズミゴが俺の報告に噛みついてきた。

「どうして嘘だと思うんですか？」

「俺は目の前であいつを見たんだ。あれは人間がどうにかできる相手じゃない」

「確かににわかには信じがたいな。もし本当だというのなら何か証拠はないのかね？」

騎士の言葉はもっともだ。確かに証拠もなしに倒したといったところで信じてはもらえないだろう。

「少しどいてもらえます？」

「それは構わないがどうするのだ？」

俺の言葉に戸惑いつつも場所をあける騎士。

「これが証拠です」

俺はストックしてあったアークデーモンの翼を取り出した。

「これは……本物か？」

周囲の騎士たちの目が開く。

クズミゴなどアゴが外れそうになっていた。

「いったいどうやって……とその前に、良くぞやってくれた。君たちこそ救国の英雄だ！」

どうやらこの騎士の人はクズミゴと違ってまともらしい。

事態を把握して、討伐した人間に敬意を払えるようだ。

「一つお願いがあるのですが」

「聞こう。言ってみたまえ」

俺は前置きをすると騎士にお願いをする。

「今回の討伐で率先して皆を守ろうとしたリーダーがいます。俺たちが誰一人失うことなくアークデーモンを討伐できたのはその人のお蔭です。なので、その人を兵士に登用していただけないでしょうか？」

「自分が死ぬかもしれない強敵を前にその胆力。そのような傑物がこの国にも埋もれていたのだな。私の名で約束しよう。アークデーモン討伐の立役者の名は何という？」

「ラッセルです。冒険者ギルドではよく初心者の面倒を見てくれる人望のある人です」

「わかった。では、その人物を間違いなく登用するようにしよう」

「ありがとうございます」

その言葉に俺は口の端を緩める。そして、

「実はもう一つ報告があります」

「ん。何かね？」

俺はクズミゴを見る。するとクズミゴは顔を青くした。どうやら気付いたようだ。

先程頷いた俺だが、ラッセルさんの登用については騎士が確約してくれている。

「騎士殿！　彼も疲れておりますゆえ、残りの話は休息をとってからの方が……」

「いえ、問題ないです」

「問題ないと言っているが？」

俺と騎士の視線がクズミゴに向かう。クズミゴは顔を真っ赤にして俺を睨みつけてくる。

「それで、報告というのは？」

「や、やめっ――」

クズミゴが掴みかかってくるのを躱すと俺は言う。

「そこのクズミゴさんですが、アークデーモンを俺たちに押し付けて一人で逃げ出したんです」

「なんだと⁉　どういうことだクズミゴ兵士長！」

おそらく俺たちが生きて帰ってこないと思ったのだろう。クズミゴの態度からそう察してい
た俺はここで真実を暴露した。

「仲間を置いて逃げたのかクズめ！」

「兵士の片隅にも置けないゴミが！」

他の騎士からも罵倒が飛ぶ。クズミゴは、

「お、俺は悪くないっ！　王国の兵士として犠牲を出してでも情報を持ち帰っただけだ！」

開き直ったクズミゴ。確かに普通なら勝てない相手だ。誰かが状況を報告に行く義務があっ
たのだろう。

「ちなみにこの男、さっき俺に『黙っていれば兵士に登用してやる』と言ってきました」

その言葉で騎士たちの視線がクズゴミを見るような目に変わる。

本当に仕方なくその場を離れたのならそのような言葉は口にしない。それを全員理解したか
らだ。

「ち、違うんですこれは……その……」

自ら掘った墓穴に対する言い訳を述べようとするのだが……。

「クズミゴよ。貴様の処分に関しては城に戻ってからだ。組織として利己に走った敵前逃亡は

厳罰になる。楽しみに待つんだな」

「あばばばっば……」

クズミゴが白目をむく。股の間にシミが広がった。どうやら失禁したようだ。

「そいつを連れていけ」

そう言うと騎士たちに引きずられてクズミゴは退場するのだった。


「どうだった？」

テントを出るとセレナが寄ってくる。

その後ろにはラッセルさんを含む冒険者たちがいて、こちらを見ていた。

「クズミゴは王国で処罰されることになった」

俺の報告に皆が「わっ」と喜ぶ。無理もない、アークデーモンを前に一人だけ逃亡したのだから。それでも人望があれば擁護しようがあったのだが、今回の調査で散々横柄な態度をとっていたので擁護する人間はいなかった。

「それと、今回の討伐で特に活躍をしたということでラッセルさんを兵士に登用してくれると確約をもらった」

その言葉にラッセルさんのパーティーメンバーが拳を握って喜びをあらわにした。

「ちょ、ちょっと待てよ！　一番活躍したのはエルト、お前だ！　それにアークデーモンの動きを止めたのはセレナの嬢ちゃんだろ？」

慌てた様子でラッセルさんが前に出てきた。

「それは違いますよ、ラッセルさん」

自分が手柄を横取りしたと思ったのだろう、表情を歪ませているラッセルさんに俺は言う。

「今回の功績は何もアークデーモン討伐だけを示していないんですよ。あなたは道中ずっと周りの冒険者を気遣ってくれていたし、アークデーモンが現れた時も真っ先に表に立ってくれたじゃないですか」

アークデーモンを倒したのは確かに俺だが、ラッセルさんのこれまでの行いは評価されるべきなのだ。

「そうですよラッセルさん！　話を受けてくださいよ！」

「兵士になりたいって思っていたの知ってますよ！」

周囲の冒険者たちもラッセルさんに声援を送る。するとラッセルさんは頬をかいて、

「お前ら、恥ずかしいからそれ以上言うな」

照れた様子で皆から顔を逸らす。どうやら受ける気になったようだ。

「これで冒険者ギルドは素晴らしい先輩を失うんだな……」

まだまだ教えて欲しいこともあったのだが仕方ない。俺は目を細めると皆にからかわれているラッセルさんを見ている。

「でも代わりにとっても素敵な兵士さんが一人誕生するじゃない。ラッセルさんなら街の人に愛される素敵な兵士になると思うわ」

俺の言葉を聞いていたのか、セレナが嬉しそうに隣へときた。

いつものように身体を近づけてくるセレナ。この距離感にも最近慣れてきたなと考えるのだが……。

「ん？」

セレナが大慌てで飛びのき俺と距離を取る。

「エ、エルト。あなた凄く臭いわよっ！」

涙目で非難をしてきた。

「ああ、そういえば……」

クズミゴに近寄られたので臭いが移ったようだ。

「あっちに泉があるから水浴びをしてきて頂戴」

セレナの冷たい言葉に、俺はクズミゴを恨みながらも泉へと向かうのだった。

★

「ふぅ、水が冷たくて気持ちいいわね」

泉にてアリス王女とアリシアは水浴びをしていた。

「それにしても宜しかったのでしょうか？」

今日は調査隊がぼちぼち戻ってくる日なのだ。アリシアはその結果が気になっていた。

「剣を振っていたら汗かいちゃったのよ。それに、さすがにこのまま最後までテントの中で待機しているってのも何しにきたかわからないじゃない？」

調査隊を雇っているということで役割は果たしている。

だが、期日が近づくにつれて表情を暗くするアリシアに気付いたのだ。

せめて近場でも外に連れ出して気分転換をさせた方が良いとアリスは判断した。

「にしてもアリス様。無防備すぎではないですか？」

一国の王女がこんな泉で裸体を晒しているのだ、覗かれたらどうするのか？

「平気よ。人が入ってこられないように認識阻害の結界魔法を発動しているから」

見る者すべてが見惚れるようなプロポーションを見せつけるアリス、アリシアは自分の身体を見比べてみる。その動作で何を考えているのか察したアリスは笑うと、

「あなたの身体だって綺麗よ。私は剣を振っているから全体的に引き締まっているけど、あなたみたいに柔らかい身体をしている方が男受けするんだから」

実際、アリスとアリシアを並べてみても遜色はなく、どちらも男を引き付ける身体をしている。

アリスの言うようにあとは好みの問題だろう。

「本当ですか……？」

「あら、疑うのなら例のエルト君の前に二人で立ってみましょうか？　それでアリシアが選ばれたら私の勝ちってことでいいわよね？」

「それって、アリス様が負けたらエルトがとられちゃうじゃないですか！」

嫌な予感にアリシアは顔を青くする。そんなアリシアをみてアリスは笑っているのだが……。

「どうしたんですか？」

アリスの真剣な顔にアリシアは気付く。

彼女はじゃぶじゃぶと水をかき分けると剣を手に取り、慌てて服を身に着けはじめた。

「誰かが結界を破って入ってきたわ」

その言葉にアリシアは驚く。アリスは王国屈指の実力者で魔法の腕も超一流だからだ。

「な、何者でしょうか？」

「少なくともベースにいた騎士ではないわね」

彼らの実力は把握している。とてもではないがアリスの認識阻害結界を打ち破れるとは思えない。

「アリス様。私も援護します」

そういって大急ぎで服を着るアリシアだが、

「あなたは念のためにベースに戻って人を呼んできて頂戴」

何者かは知らないが、結界を破ったということは目的は自分だろう。手練れが相手ならアリシアを戦力として数えるわけにはいかない。最悪人質にされる可能性を考えたアリスは助っ人を呼びに行くように指示をした。

「で、ですが……」

さすがに一国の王女を置いて、自分がその場を離れるのには抵抗があるようだ。

「私の強さは知っているでしょう？　最悪、戻ってくるまで足止めぐらいはできるわよ」

これ以上問答をしている時間はない。アリシアは頷くと、

「わかりましたっ！　すぐに皆を連れてきますからっ！」

アリスを信じてその場を離脱するのだった。

★

――ザッザッザ――

無造作に進んでいるのか、侵入者の足音が聞こえる。

私は木の陰に隠れると機会を窺っていた。

（いったい何の目的で？　エリバンが裏切った？）

王女である私がここにいることを知っているのは、エリバン王国の重鎮と同行の騎士だ。

同行の騎士の選定には気を使ったし、何よりここで私に危害を加えたところで責任問題になる。

（そう考えるとエリバンの重鎮の差し金かしら？）

だが、エリバン王国も我が国と敵対する意味がない。そもそもの話、これまで国交がなかったのだから、恨みもなければ縁もないのだ。

今回の調査みたいに便宜をはかることはあっても邪魔をする意味はない。

（いずれにせよ、相手の意図がわからないなら先制した方がいいわね）

結界を壊して入ってきているのだ、とりあえず無力化してから拷問にでもかけて目的を聞き出せばいい。

しばらく息をひそめて待つ。相手の実力がどの程度なのかわからず心臓が激しく脈打つ。

私はどうにか心をコントロールすると音もなく剣を抜いた。

そして、目標の影が映ると……。

「はっ！」

死角から飛び出すと斬りつけた。


――キイ――――ン――

金属がぶつかる音が泉にこだまする。

「いきなり何をするっ！」

目の前には一人の青年が立っていた。

年の頃は私と同じぐらい。だが、妙に引きこまれてしまいそうな雰囲気に一瞬私の思考が鈍った。

「それはこちらの台詞よっ！　大人しく倒されなさいっ！」

完全な不意打ちを防いだことも驚きだが、恐ろしく美しい剣が目に入る。

あのタイミングで剣を受けたということは最初から帯剣していたということになる。

そうならば、やはり目的は私ということになる。

「っと！　くそっ！　話ぐらい聞いてくれてもいいだろうがっ！」

男は私の剣を躱しながらも会話を続ける。もしかすると仲間が駆けつけてくるまでの時間稼ぎだろうか？

「やるじゃない。私の剣をここまで躱す人間は久しぶりねっ！」

王国で、私に並びたつ剣士は存在しなかった。

私は初めてまみえる強敵を前に自然と口の端が釣りあがる。

「ったく。クズミゴには臭いをつけられるし、変な奴に斬りかかられるし……。呪いでも掛けられてるんじゃないか？」

「だ、誰が変な奴ですっ！　この無礼者っ！」

小手調べは終わりとばかりに私は男へと飛び込む。

「【ロイヤルバッシュ】」

剣が輝き、力を増幅した横薙ぎを放った。この威力は金属の盾ごと騎士の鎧を斬り裂く。普通に避けるしかない攻撃だ。

相手が思っているよりも手練れだったので、手加減ができなかった。腕の一本ぐらいは諦めてもらう。

そんな、覚悟で放った一撃が、

――キンッ――

「えっ？」

手に伝わってくるのは最小の衝撃。

本来強い力がぶつかれば、お互いの腕に衝撃が走るはず。

だが、目の前の男はその衝撃を完全に殺す受け方をしたということになる。

「っ！」

私は警戒すると距離をとった。

今のような受け方はよほど相手との実力差がなければできない。つまりこれをされた時点で相手の方が強いということになる。

「はぁ、仕方ない。話を聞く気がないなら無力化させてもらうからな」

ようやく男は真剣になり剣を構えた。その型を使う人間は見たことがない、だが知っている型だった。

「それは古流型剣術ね？」

「どう呼ぶかは知らないな。知り合いのエルフが使っていたから教わったんだよ」

過去に人族と争いがあったせいで、エルフはよほどの変わり者でなければ人間を好んでいない。

そんなエルフと知り合いというのは個人的に興味を惹かれる。

「それじゃあ……。受け損なうなよ？」

真剣な言葉に喉をゴクリとならす。今まさに攻撃がくる。目の前の男に集中していると……。

「ふっ！」

一瞬にして男との距離がゼロになった。

「っ！」

何とか目で追えたのは三撃目まで。流れるように無駄なく振り切られるその連撃に、私はバランスを崩す。

「きゃあっ！」

どうにか剣で受けたのだが威力が高く、吹き飛ばされると泉へと落ちた。

「ちょっ！　わぷっ！」

咄嗟のことで慌てる。攻撃を受けた手が痺れてうまく泳げない。

このまま溺れてしまうのか。そんなことを考え、水中へと沈んでいくと……。

「大丈夫か？」

力強い手で引っ張られた。

「ケホッケホッ！」

口の中から水を吐き出し、目の前の男に抱き着く。

男は泳いできたようで服が水に濡れ、肌にべったりと張り付いていた。

「悪かった。もう少し手加減しても良かったんだけど、避けられる気がしたんでな」

「あ、あれで手加減したって……嘘でしょう？」

水に濡れた顔が目の前にある。至近距離から見つめられ、心臓が脈打ち視線を外せなくなった。

しばらくの間見つめていると、相手が気まずそうに視線を逸らした。

「は、離れてもらっていいか？」

男は焦りを浮かべると要望を口にする。その隙だらけの行動に私が疑問を浮かべ首を傾げる

と、

「非常に言い辛いんだが、服が水で透けている」

その指摘に私は自分の身体を見る。

「きゃあああああっ！」

慌てて背を向ける。

「すまない」

本気で悪いと思っているのか、素直に頭を下げてくる。

私は生まれて初めて感じる恥ずかしさに涙目になると男を睨みつけ、

「せ、責任とってもらうからねっ！」

★

目の前には自分の身体を庇うように腕を抱いた女が涙を浮かべて俺を睨みつけていた。

『責任を取って』と言われても、どう責任を取れば良いというのか……。

「とりあえず、これでも羽織ってろ」

あれから陸に上がったのだが、衣服が水に濡れていて相変わらず目のやり場に困る。俺はストックの中にある予備のマントを取り出すと女に渡した。

「あ、ありがと……」

女は素直に受け取るとプイと顔を背け、もぞもぞとマントをかぶった。

マントに鼻を近づけ「すんすん」と臭いを嗅ぐ仕草を見せる。

「それ、一応新品だから臭くはないと思うぞ」

「なっ！　わ、わかってるわよ！」

これ以上誰からも臭いと言われたくなかったので先手を打ったのだが、女はなぜか顔を赤らめると怒鳴ってきた。

「それで、どうして突然俺に斬りかかってきたんだ？」

おぼれているところを助けたお蔭か、それとも叩きのめしたせいかわからないが、どうやら会話ができる状態になったようだ。

「それはあんたが私たちの水浴びを覗きにきたからでしょう！」

「いや、決してそんなつもりはなかったんだけどな……」

そもそもこんなところに人がいるなんて知らなかったし、見張りも立てずに水浴びをしている方も悪いと思う。

「しらばっくれても無駄よ。私が作った認識阻害の結界を超えてきたんだから。悪意がないというのならなぜ結界を壊したのよ？」

その言葉に俺は黙り込む。

『そこにあったからマリーが壊しておいたのです。どっちにしろ御主人様との力量差があったので侵入は防げなかったのですよ』

どうやらマリーが壊したらしい。この前のアークデーモンの畑の例もあるから仕方ないと言えるが……。

「その認識阻害の結界は力量差があれば無効化されるからな。少し不用心だったな」

「そ、それは認めるけど……。まさかあなたみたいな実力者がこんなところにくると思ってなかったんだもん」

バツが悪そうな顔をする。俺は更に言っておくことにした。

「あんたみたいな綺麗な女の子が一人で水浴びをしていたら危険だろ。次からはちゃんと見張りを立てておくんだな」

そうすれば今回のような事故は起きなかったのだ。

「き、綺麗って……ば、馬鹿っ！　と、突然何言い出すのよ……」

顔を真っ赤にするとあたふたし始める。罵倒されているのだが、怒っているというよりは喜んでるように見える。

「そうだ。あなた……痛っ！」

はじかれるように立ち上がろうとしたのだが、彼女は顔をしかめた。

「どこか痛めたんじゃないのか？」

「えっ？」

先程の攻撃を綺麗に受け止めていたから平気かと思ったが、彼女は右足を庇っていた。

「さ、触らないで頂戴！」

俺が手を伸ばすと彼女は手を振って拒絶する。

「いいからじっとしていろっ！」

怪我をさせたのは俺なのだ、俺は彼女の右足首に触れ、

「怪我をしたのはここか？」

「痛っ！」

彼女は顔をしかめた。

「すぐ治すからじっとしていろよ？」

「えっ、どうやって――」

彼女が驚き質問をしている途中で、俺はストックに入っていた回復魔法陣を解放する。

「【パーフェクトヒール】」

これまでもアークデーモンの攻撃で瀕死になった冒険者や、ヨミさんの病気、フィルの二日酔いなどを治してきたのだ。

「あっ、暖かくて気持ちいい……」

彼女は蕩けるような表情を浮かべると艶やかな声を出した。

「もう痛みはないと思うけどどうだ？」

治っているか俺は彼女に確認をする。

「嘘、本当に治ってる⁉」

彼女は驚くと立ち上がり、足をトントンと地面につけていた。

「あ、あなた本当に何者よ？」

いよいよ不審な目で見られてしまう。俺が何と答えるかで悩んでいると……。

『御主人様。複数の人族がこっちへ駆けつけてきているのです。さっきの騎士たちもいるのですよ』

そういえば先程彼女は『私たち』と口にしていた。他に人が見当たらないということはそいつが騎士たちを呼びに行っていたのだろう。これ以上この場に留まるわけにはいかないようだ。

「それじゃあ、俺はそろそろ行く」

そう言って有無を言わさず立ち去ろうとする。

「あっ、せめて名前だけでも教えてよっ！」

縋り付くように手を伸ばしてくる彼女に俺は笑顔を向けると、

「また会えたらな！」

手を振ると同時にマリーに命じ風を起こす。

そして彼女の視界を封じると、その場を後にするのだった。

五章

「ここが城の客室か……思っていたよりも狭いんだな」

調査の仕事を終えた俺たちは城下町に到着すると報酬を受け取った。

参加した大半の冒険者たちはそこで仕事完了となり、それぞれの街へと戻って行った。

だが俺とセレナ、それにラッセルさんはいまだに解放されることなく、こうして城まで連れてこられている。

「ここは兵士たちが泊まる兵舎らしいわ」

セレナの言葉に納得する。

置かれているのは古びたベッドが一つに机とクローゼットがあるだけ。城に勤めている兵士が仮眠するための場所と考えれば十分だろう。

「それにしても、ここであと数日過ごすのか。はやく街に帰りたいよな」

「仕方ないわ。さすがにアークデーモンを討伐した人間だもん、色々聞きたいようなことといってたし」

現在は調査結果を取りまとめているらしく、俺たちにできることはない。

俺とセレナとラッセルさん。それにクズミゴに関しては真実を判断する魔導具を使って色々質問をしたいと騎士からお願いをされていた。

「せめて城下町を観光できたら良かったんだけどな……」

現在の待機状態にも依頼料が発生しているので、こうして待たされるのも仕事のうちなのだ。

「まあいいじゃない。クズミゴに比べたらまだ良い待遇なんだから」

確かにその通りかもしれない。待機している間は食事も出るし、こうしてベッドでゆっくり休むことができるのだ。

クズミゴは虚偽の報告と敵前逃亡の疑いのため、現在は牢へと入れられているのだ。

完全に本人の自業自得なので全く同情の念は湧いてこない。

「城下町の観光は、この一件が片付いたらゆっくりしましょう」

セレナはベッドから身体を起こすと笑顔でそう言ってくる。

「どうした？」

ぼーっと惚けるように俺に視線を向けて顔を赤くすると……。

「その、調査の時に言ったじゃない？」

「うん、何だっけ？」

しどろもどろになりながらもセレナは目をちらりと俺に向ける。

「調査が終わったら……イチャイチャしたい……って」

その仕草に心臓が揺れ動く。さすがに城の中では不味くないだろうか？

そんな俺の考えとは裏腹に、セレナは俺に近づくと抱き着いてきた。

「えへへへへ、このぐらいならいいわよね？」

セレナは見ているこっちが恥ずかしくなるぐらい顔を真っ赤にすると、幸せそうな表情を浮かべ俺の胸にもたれかかってきた。

「アリス様。話聞いてますか？」

「……えっ？　なにかしら？」

城に戻ってきてからというもの、アリス様の様子がおかしい。

先日の泉での水浴びだが、騎士を引き連れて戻ったところ「特に何もなかった」と答えられたのだ。

「調査結果の報告待ちについてですよ」

なんでも今回の調査で重大な問題があったらしく、現在エリバン王国では会議が開かれている。

私たちは来賓部屋で待機させられ、後日報告をまとめられたものを知らせてもらうことになっている。

「ああ、そのことか」

心ここにあらずといったアリス様の様子に私はたまりかねると質問をした。

「あの、アリス様。やはり泉で何かあったんじゃ？」

核心に迫ったのか、アリス様は何かを思い出したのか、顔を赤くすると話し始めた。

「実は、この国の冒険者と思しき男と戦ったのよ」

「そ、それは大事なのではないですか？」

仮にもこの国の冒険者が王女の水浴びを覗いた上で戦いを挑んだ。不敬罪に問われるべき事件だ。

「いえ、お互いの勘違いがあったから、そのことは別に気にしてないのよ。だからあなたたちが戻ってきた時も咄嗟に嘘をついたわけだし」

それは賢明な判断だろう。もしその場をうちの国の騎士が目撃していたら国家間問題になってしまっていた。

「それで様子がおかしかったのですか？」

私はようやく納得した。

「それにしてもアリス様と斬り合って無事だなんて凄い男もいるんですね」

アリス様の実力については道中で見ているので知っている。

休憩の時に騎士たちと訓練をしていたけど、騎士よりも強かった。

護衛する対象が一番強いという訳の分からなさに苦笑いが浮かんだものだ。

そんなアリス様と斬り結んだということは、相手は相当の手練れに違いない。

「アリス様？」

ところが、アリス様は不機嫌な表情を浮かべていた。

「それがさ、私じゃ相手にならなかったのよ」

不満そうにクッションを抱きしめて顔を出すアリス様。他の人たちがいる時には見せない子供じみた仕草だ。

「えっ？　アリス様が負けたのですか？」

信じられずについつい率直に聞いてしまうと、アリス様は殊更不満そうな顔をした。

「そうよっ！　本当に圧倒的で勝負にならなかったんだから！　わかる。アリシア？　剣を重ねるごとに防御が追い付かなくなって、それでも相手は全力じゃなかったのよ！」

興奮気味な様子。それはどちらかというと憎い相手というよりは憧れにも似た様子を思わせた。

どうやらアリス様の様子がおかしいのは、自分を倒した相手のことを考えていたからのようだ。

「ねえアリシア。誰か心当たりないかなぁ？」

アリス様がこの様子だったので、エリバン王国とのやり取りは私が話を聞いていた。

私はそんな中で耳にした名前を思い出す。

「今回の調査で全体のリーダーを引き受けた冒険者が兵士に登用されるらしいですね。確か名前は……ラッセルとか」

「それだわっ！　あれだけ強かったんだもの、エリバン王国も彼の実力をみて国に取り込もうと考えたんでしょうね」

そうかもしれない。冒険者から王国兵士に登用されるのは結構な出世コースなはず。滅多に起こりえないことを起こしたのだから、その人物こそアリス様を倒した冒険者で間違いないだろう。

「確か、数日後にそのラッセルを含む数名が真実のオーブを使って審議を受けるようですね」

私は自分が聞いた情報をアリス様へと渡す。

「私、その審議に参加させてもらえないかちょっと交渉してくるわっ！」

アリス様は勢いよく部屋を出て行った。

「はぁ……エルト。いつになったら会えるんだろうなぁ」

気になる相手ができたようなアリス様を見送ると、私はいまだに再会できない生き別れの幼馴染みの姿を想い浮かべるのだった。

★

「しかし、此度の調査は問題だらけだな。宰相よ」

エリバン王国の王はとりまとめられた報告書を読むとそう呟いた。

その書類は調査で起きたことを複数人から聞き取って纏めたものだ。

大半の人間は迷いの森に出現するモンスターの脅威度が上がっていた点について触れているのだが、とあるグループの人間たちの報告になると内容ががらりと変わる。

「ええ、アークデーモンがこの国を狙っていたという事実もそうですが、名誉ある我が国の兵士が任務を放棄して逃亡したのですからな」

そのグループのリーダーの話によるとアークデーモンが現れ、迷いの森の異常は自分の仕業と言ったらしい。

そして戦闘になろうかというところでグループの纏め役をしていた兵士長が現場放棄して逃げ出したというのだ。

その兵士長は「誰かがアークデーモンの存在を伝えなければならなかったのだから緊急事態だったのだ」と言っている。

だが、その場にいた人間全員が戦わずして逃亡した兵士長を追及していた。

「味方を見捨てて逃げたばかりか虚偽の報告か」

他の兵士たちからも苦情が出ている。このまま放置することはできなかった。

「それにしても私としては、こちらの冒険者の報告の方が疑わしいですな」

宰相は報告書を指差した。そこには「アークデーモンが出現したので冒険者が討伐した」と書かれている。

「相手は一国を滅ぼすとすら言われる存在ですぞ。一介の冒険者にどうにかできるとは思えませんな」

「だが、証拠の翼があるのだろう?」

国王も宰相もこの目で確認したが、アークデーモンの翼が存在するのだ。

少なくともアークデーモンがその場にいたことは証明されている。

「なので真実のオーブによる審判が必要なのです」

どの報告も非常に疑わしい。だが、国としては事実を知る必要がある。

王国は神殿に真偽の判定を行うために【真実のオーブ】の貸与と神官の派遣を要請したのだ。

「もし仮にだぞ」

「はい」

国王の言葉に宰相は相槌を打つ。

「その冒険者が本当にアークデーモンを討伐したというのなら、是非我が国に欲しい」

その冒険者は若い男女だと報告が上がってきている。

「どちらも今回の討伐で冒険者ランクがBまで上がる予定ですな。そうすると外国への移動が可能になってしまいます」

基本的に冒険者に対して国は強制をすることはできない。他国へ渡るつもりでいる場合は引き止める権利がないのだ。

「もしアークデーモン討伐が真実ならば、即座にその冒険者たちを囲い込む必要がある。今のうちに国の空いているポストを調べておけ」

なので国としては好待遇を用意して使える人材を取り込むことになる。

「はっ、すでに男爵の地位を用意してございます」

言うまでもなかったようで、宰相は貴族位をすでに用意していた。国王は満足そうに頷く。

「それはそれとして、気になることが一つあります」

「なんだ？」

「イルクーツ王国の王女が審議を行う場に自分も参加させるように要請をしてきました」

「…………それは、断ることはできぬのか？」

アークデーモンを討伐したという報告は国力を示す上で必要だ。

真実の場合は各国に喧伝するつもりなので都合が良い。

だが、王国の兵士が逃亡した汚点については身内の恥をわざわざ他国に知らせたくはない。

「イルクーツ側も今回の調査費を出しておりますからな。拒否はできぬかと」

合同調査という名目である以上、審議に参加する資格を有しているのだ。ここで拒否をしてしまうと両国の関係上あまり良くはない。

「もしやイルクーツもその冒険者が目当てということはないだろうか？」

アークデーモンを討伐したという噂はすでに広まりつつある。

それを知ったイルクーツ側が引き抜きに来た可能性はある。

「大丈夫でしょう。たとえそのつもりだったとしても、ここは我らの国ですから。一国の王女とはいえ与えられた権限に限界がありますからな。どうしてもその人物が欲しいのなら我らが負ける道理はありません」

国の代理と国の代表では持っている権限に差があるのだ。国王ならその冒険者の無理な要求にも即決できるが、国の代理でしかない王女では要求にこたえられるかどうか。

「……それもそうだな。よし、では予定通りに審議を行うことにしよう」

そう言うと国王と宰相はエルトとセレナを取り込むつもりで計画を立て始めるのだった。

★

「それでは、ただいまより迷いの森の調査について審議を行います」

王城の玉座の間にて審議がとり行われようとしていた。

教会から派遣されてきた神官が部屋の中央に立つのを見届けると宰相が宣誓する。

その後ろにエリバン王国の王とアリスの席が用意されており、それぞれの隣には宰相とアリシアが立っている。

そこから側面には爵位を持つ貴族と騎士が並んでおり、今回の審議が国の大事であることを印象付けた。

「本日、真実のオーブを操作するのは神殿から派遣されたヒューゴ司教です」

宰相の説明によりお辞儀をする。人の良さそうな初老の神官で、中立の立場からどのような

問答に対しても真実のみを告げてくれる。

「では、最初の人間を入場させよ」

そう言うと兵士が二人動き、大きな扉を開けた。

すると、あらかじめ外に待機していたのか鎧を身に着けた一人の兵士が入ってきた。

エリバン王国の新品の鎧が輝き、スキンヘッドの人相の悪い男が中央に立った。

「名前と身分をあかしてください」

ヒューゴ司教の言葉に人相の悪い男は頷く。

「元Bランク冒険者で今はエリバン王国兵士のラッセルです」

「ええーーーっ!?」

「あ、アリス様っ!?」

ラッセルが名乗るとアリスが立ち上がり注目を集める。アリシアは慌ててそれを嗜めた。

「アリス王女。なにか?」

宰相が怪訝な目で見ると、

「い、いいえ……。何でもありませんわ」

取り繕うような笑顔を見せた。そんなアリスを横目に宰相はラッセルのことを皆に紹介し始めた。

「えー、このラッセルですが、先日行われた迷いの森の調査において素晴らしき功績を挙げたため、この度兵士に登用しました」

その紹介に貴族と騎士が拍手で称える。功績を持つ者には敬意を払う。そうでなければ自分が功績を挙げた時に周囲から認めてもらえなくなるからだ。

「ですが、この兵士登用は現時点で仮の扱いとなっています。それというのも、調査隊の報告でいくつか信じがたい話があったからです」

すでに城中に広まっている噂だ。皆ラッセルに注目すると……。

「それでは兵士ラッセル。そなたの口から迷いの森の調査報告をもう一度、簡潔に話してくれないか？」

宰相が促すと同時に、ヒューゴ司教がオーブに手をかざす。周囲の人間は完全に口を噤む。なぜなら真実のオーブが作動している間はすべての発言が真偽の対象になるからだ。

「はい。俺たち冒険者は国からの依頼を受け、迷いの森の調査のため森の深くまで入りました。道中、森の浅い部分では見かけない強さのモンスターと遭遇。それぞれのグループで討伐しつつ進みました。そして待機予定の場所でキャンプをしていたところ、ある存在が現れました」

「そのある存在とは何かね？」

「アークデーモンです」

宰相の質問にラッセルは答えた。

周囲でざわめきが起こる。貴族や騎士は真実のオーブへと視線を動かす。

「嘘は言っておりませんな」

ヒューゴ司教の言葉で緊張感が高まる。

今の問答で、少なくとも迷いの森の奥にアークデーモンがいたことが皆にわかった。

「それで、アークデーモンと言葉を交わしたと報告にはあるが、アークデーモンはなんと言ったのだ？」

「はい。奴は言いました『今回の迷いの森の異変はすべて自分が仕組んだものだ』と」

その答えにもオーブは真実と判定を下した。

「つまり、アークデーモンの狙いはこの国だったと？」

それは完全に寝耳に水の話だ。自分たちが平和だと思っていた日常の裏でデーモンが国家転覆の謀略を練っていたのだ。平静でいられる者は少ない。

「し、しかしっ！　そのアークデーモンはどうなったのだ⁉」

その場のプレッシャーに耐えかねたのか、本来質問をするはずであった宰相を差し置いて貴族の一人が声を荒らげた。

ラッセルは戸惑いながらも答えるべきか悩み、宰相を見る。

するとと宰相は不満そうな表情をしながらも頷いた。

「アークデーモンは討伐しました。やったのは俺たち冒険者です」

「……し、真実です」

「「「「おおおおおおおおおおーーーーーーーーー！！」」」」

ヒューゴ司教の震えた声とは裏腹に、エリバン王国の重鎮たちは笑顔を見せる。

「そっ、そうすると、お前はデーモンキラーになったのだな？」

興奮気味に貴族がまくしたてる。

「いえ、俺は――」

ラッセルがその質問に答えようとしたところで、

「兵士ラッセル。質問は以上だ」

宰相の一言が遮った。

「えっ？　もうおしまいですか？」

怪訝な顔をするアリス。彼女はその質問の答えを知りたかった。

「現時点でアークデーモンが存在し討伐されたという真実が明らかになりました。後の審議が押しているので無駄な質問は省きましょう」

その言葉でアリスは宰相の考えを見抜く。

アークデーモンを討伐したのは目の前のラッセルではない。もしその人物の名を知れると自国に勧誘される可能性を考えたのだ。

（でもその人物が多分あいつよね？　ラッセルは違ったけどまだ可能性はあるわ）

「それでは次の人間を入れても宜しいですかな？」

自分が宰相の思惑に気付いた素振りを見せない方が良い。

「ええ、宜しくお願いしますわ」

アリスはチャンスを窺うことにするとそう答えた。

「それでは次の人間、入ってまいれ」

宰相の言葉に扉が開き、男が入ってくる。

両側を兵士に固められ逃げ出せないようにしっかりと腕を掴まれていた。

男が証言席に立つ。

「ではまず名前と身分をあかしてください」

ヒューゴ司教は先程と同じ質問をした。

「エリバン王国兵士長クズミゴだ」

「虚偽の判定がでております」

「なっ！」

焦りの声を浮かべるクズミゴだが、

「クズミゴは現在、王国法違反により身分を剥奪されております。なので兵士長という名乗りが抵触したのかと」

宰相の説明により魔導具の故障ではないことが全員に伝わった。

「それではクズミゴよ。この場で貴様の言い分をもう一度聞こう。冤罪だという主張をしてみるがいい」

調査から戻って以来、クズミゴは何度も自分の正当性を主張してみせた。

これまでは結果ありきの判決を優先したのだが、もし彼が国家を思っての行動だったのなら情状酌量の余地はあるだろう。

王国は本人から真実を聞き出した上で罪状を決めるつもりだった。

「俺……、いえ私は迷いの森の調査を国から命じられ任務にあたりました。そこでは使えない冒険者共が多数おり、私はその面倒役として調査に同行することになったのです。奴らはろくに動くこともできず、私は襲い来るモンスターを前に必死に指示をだしました。そのお蔭で調査隊は被害をだすことなく奥地まで入ることができたのです」

宰相や王は表情をピクリとも変化させなかった。これまでの調査報告をあらかじめ聞いているからその反応は冷めたものだった。

だが、クズミゴは言っている間に自分に酔ったのか、

「ですが、奥地で私たちはアークデーモンに遭遇しました。奴は『異変を起こしたのはすべて自分だ』と告げると我々を殺そうと襲い掛かってきたのです。そこで私は『俺が引き受けるか

ら誰か王国へ知らせてくれ』と言いました。すると冒険者たちは『我々では信用がありません。ここは引き受けますので先に行ってください』と言い出したのです。私はそれを聞き、涙を流しながらその場を後にしました。そして命からがら迷いの森を抜けるとアークデーモンの出現を報告したのです」

熱弁を振るい、涙を流すクズミゴ。

演技だとしたら臭すぎるし、真に迫っていた。

この訴えを聞いた何人かはクズミゴを感心したような目で見ていたのだが……。

「……全部嘘ですな」

「なっ！」

ヒューゴ司教の判定により周囲の視線はしらけたものへと変わる。

誰もがクズミゴを、クズやゴミをみるような目で見ていた。

「情状酌量の余地があるなら一兵卒からやり直させる罰もあったのですが……さすがにこれは……」

自己のための行動で愛国心を一切持ち合わせていないクズミゴに宰相は戸惑いを覚える。

「王よ、いかがなさいますかな？」

クズミゴが王国にとって害でしかなかった。ここにはイルクーツ王国の王女もゲストできているのだ。甘い判定をすると外交で付け入られることになる。

エリバン国王は眉根をよせ、しばらく悩む様子を見せると口を開いた。

「判決。クズミゴは死刑に処す」

「なっ…………！」

それはもっとも重い罰だった。

だが、神殿から司教まで呼んだ上で嘘を重ねたのだ。仕方ない話である。

項垂れるクズミゴ。身体を震わせながら何やらぶつぶつ呟き始めた。

周囲の人間たちはそんなクズミゴを冷めた目で見ている。

今回の処罰は戒めだ。敵前逃亡をして国益を妨げた者には厳罰が下る。

同じような目にあいたくなければ考え、国益に沿う行動をしろという。

「ではクズミゴを連れていけ。次の人間を呼ぶことにしよう」

扉が開き、兵士がクズミゴを退場させようと近づくのだが…………。

「な、なぜ俺がこんな目に……。これもそれもすべては、そう…………エルトのせいだ！！！」

「えっ？」

その名前にアリシアが反応する。

「ちょ、ちょっと待ってください！」

アリシアの叫び声がその場に響く。

「あなた今なんて言ったの？」

アリシアは焦りを浮かべると、その場から立ち上がりクズミゴに詰め寄る。

周囲の人間は止めようか悩むのだが、その真剣な様子に気圧されてしまった。

「なんだおまえはっ！」

突然質問をしてきたアリシアに、クズミゴは吐き捨てるように言った。

「私はアリシア。エルトの幼馴染みよ。エルトがこの国にいると占いで知ったからここにきたの。お願いです。知っていることがあるのなら教えてください」

頭を下げるアリシア。

「なるほど……エルトの……ね」

そのせいでアリシアにはクズミゴの表情が見えなかった。

クズミゴは醜悪な笑みを浮かべる。そして信じられないほどの素早い動きを見せると、

「きゃっ⁉」

「動くなああああああっ！　この女がどうなってもいいのかっ！」

アリシアを羽交い絞めすると兵士の腰から抜いたショートソードを首に突き付けた。

「アリシアっ！」

アリスが叫び声を上げ、剣を抜き前に出る。だが、クズミゴがアリシアを捕らえているので手が出せない。

「クズミゴよ！　乱心したかっ！」

　宰相が大声で怒鳴りつける。

「馬鹿めっ！　どちらにしろ死刑なら怖いものなんぞあるものかっ！　お前ら下がれっ！　こいつは他国の貴族だろうがっ！　国際問題になるぞっ！」

「ううっ……」

　力強く締め付けられたせいで苦しそうな声を上げるアリシア。

「いいか、貴様ら。俺がここから離れるまで動くんじゃないぞ。ついてくるようならこの娘を殺す」

　目を血走らせたクズミゴ。誰が見ても危うい状態だとわかる。

「くっくっく、まさかお前がエルトの関係者とはなぁ。これで俺を陥れたあいつに復讐ができるわ」

「ひっ！」

　嗜虐的な笑みを浮かべるクズミゴに、アリシアは涙を浮かべる。だが、次の瞬間……。

「呼ばれたから入室してみたが、これはいったいどういう状況だ？」

　アリシアは状況を忘れると扉の前に立つ人物を見て大きく目を見開いた。

「い、生きていた……。ほ、本当にエルト……なの？」

　喉が掠れて聞き取り辛い声をアリシアは出す。だが、その声を聞いたエルトは……。

「ああ、俺だよ。久しぶりだな、アリシア」

懐かしそうに微笑むとアリシアに返事をするのだった。

★

「本当にエルト。生きていてくれたのね」

涙を流しながら真っすぐ俺を見つめるアリシア。俺は不覚にも懐かしさがこみあげてきた。

「ああ、お陰さまでな。何とか無事にやっているよ」

それにしても懐かしんでばかりはいられないだろう。状況があまり良くない。

「それよりアリシアはどうしてここにいる？　イルクーツで何かあったのか？」

生贄から逃れられたアリシアが、なぜこんな遠くに来ているのか気になる。

「馬鹿エルトっ！　そんなのあなたを探しにきたに決まってるでしょう！」

その言葉に俺は大きく目を見開く。

「俺を……？　どうして？」

動揺がそのまま口から出る。するとアリシアは瞳を潤ませると……。

「わ、私ね……、失ってみて初めて気付いたの。私にとってエルトがどれだけ大切な存在なのかって。エルトがいなくなって毎日泣いていて、それでわかったことがあるの……」

アリシアの健気な訴えに俺だけでなく周囲の人間も聞き入っている。

中にはハンカチを目にあてて涙を流す者まで。

アリシアは顔を真っ赤にすると恥ずかしそうに俺を見つめ、

「私はずっと伝えたかった。私ね、エルトのことが――」

アリシアが何かを訴えかけようとしたところで……。

「俺をほうっておいていちゃつくなああああああああああああっ！」

「きゃっ！」

耳元で怒鳴られたせいでアリシアが悲鳴を上げる。

「二人の世界を作りやがって！　今がどんな状況かわかっているのかっ！」

クズミゴは相変わらずアリシアにショートソードを突き付けている。これ以上刺激するのは不味いと考えていると……。

「この外道がっ！」

「空気が読めない奴め！」

「そんなんだから死刑になるんだよ」

「今すぐ死んで詫びろ」

周囲の貴族や騎士たちから罵声を浴びせられている。突き付けられたショートソードがぶれてアリシアの首筋から血が流れた。

「うるさいうるさいうるさい！　全員揃って俺を見下しやがって！　お前たちは俺の命令に逆

らうんじゃねえ！」

　あまりにも哀れな様子に周囲の視線は冷たい。

「お、お前もだぞエルトっ！　お前さえいなければ調査隊は全滅。俺が功績を挙げることができたのにっ！」

　アリシアの肌に傷をつけたクズミゴ。俺は冷ややかな目で奴を見る。

「いや、あの時あんたが逃げなければ、そのまま功績が手に入っていたんじゃないか？」

　勝ち目がないと見限って逃げたのが自業自得だろう。

「黙れっ！　貴様この娘の知り合いといったな。こいつの命が惜しければ地面に頭をこすりつけて許しを乞えっ！　俺が満足したら貴様の首をはねてやる」

　目が血走っている。俺が言う通りにしなければアリシアの首にショートソードを刺すつもりなのだろう。

「念のために聞いておくが、改心するつもりはないのか？　今止めるのなら俺の褒美の代わりに減罪を嘆願しても構わないぞ」

「ふざけるなっ！　それで情けをかけたつもりかっ！　この娘が死んでから後悔しやがれっ！」

「アリシアっ！」

　何やら高貴なドレスに身を包んだ女が叫ぶ。あれは先日泉で遭遇した……。

周囲の貴族たちが目をそらした。残酷な光景を見たくなかったのだろう。

クズミゴが少しでも力を入れればアリシアの喉が貫かれるはず。だが、

「ば、馬鹿な……腕が動かない」

ショートソードを持つ腕が震えている。クズミゴは力を入れると必死にアリシアに剣を突き刺そうとするのだが、動かすことはできない。

「アリシア。こっちに来るんだ」

クズミゴが動けないと知ったアリシアは拘束を解くとショートソードから逃れる。そして俺の方に走ってきた。

「エルトっ！　怖かったよぉ！」

抱き着いてくるアリシア。懐かしい声に懐かしい温かさ。至近距離から見つめ合うとお互いに目を離せなくなる。

「今だっ！　確保しろっ！」

誰かの声が聞こえるとともに、ドタバタと足音がする。クズミゴが拘束されているのだろう。

「私ね。エルトが生きているって信じてたの。だけどもう会えないかと思って……ふえええええん」

泣き出すアリシアは俺の胸に顔を埋める。俺は頭を撫でてやると……。

「ちょっと、まだ終わってないんだから説明してくれないかしら？」

そう言うと先日泉で会った女が話し掛けてきた。

「なんでクズミゴはアリシアを刺さなかったの？　あなた落ち着いてるところを見ると確信があったんでしょう？」

女の質問に俺は頷くと、

「マリー。皆に見えるように姿を現せ」

『えー、御主人様以外に見られたくないのですよぉ』

「えっ？　急に女の子が……？」

文句を言いつつも姿を見せるマリー。

先程の会話だが、俺は目的もなしに話していたわけではないのだ。

マリーにクズミゴの動きを止めるように命令をしていた。

精霊の姿は精霊視を持たない人間には見えない。それを利用すれば人質を無傷で助けることは造作もなかった。

「こいつは風の精霊王のマリー。俺が契約している精霊だ」

「えっ？　ちょっと嘘でしょう？　そんな……ただの人間が精霊王と契約するなんて……」

「……し、真実ですな」

神官服を着た男の人がオーブに手をかざし、なにやら断定している。あれが真実のオーブか。

「高位の精霊は姿を見せたり消えたりできるからな。マリーに命じてクズミゴの動きを止めていた。だから危害を加えることができなかったのさ」

俺の説明に周りはぽかーんと口を開いている。そんな中、目の前の女だけが、

「あなた……無茶苦茶すぎるわね」

かろうじて声を出すのだった。

「おのれっ！　精霊王だとっ！　貴様がその力を報告しておれば俺だって逃げなかったのだっ！　どうせ精霊王の力でアークデーモンを撃退しただけの分際でっ！　偉そうにいいやがって！」

騎士によって絨毯に頭を押し付けられたクズミゴは呪いでも掛けそうな顔で俺を睨みつけてくる。

「うるさいのです。御主人様は最強なのですよ。お前みたいな人間に文句を言われる筋合いはないのです」

マリーが俺の代わりに言い返す。俺の傍にくると振り返りアッカンベーをした。

「ぐわわわわっ！　く、クソガキがあああああっ！」

マリーの態度に真っ赤になって怒るクズミゴ。

「もういい！　誰かクズミゴを連れていけっ！」

これ以上自国の醜態を晒すまいと国王の横にいる偉い人が命令をする。

クズミゴは何やら恨み言を叫ぼうとしているようだが、口を封じられて連れていかれてしまった。

「まあ、なんにせよこれですべての問題は解決ね」

肩を竦めながら近寄ってくる女性。

「アリシア。この人は？」

妙に訳知り顔なので、俺はこの女性がどういった人物なのか聞いてみる。

「イルクーツ王国の王女アリス様だよ」

「えっ？　嘘だろ？　だって……」

先日の泉での騒動を思い出す。

俺は彼女を相手に剣を振るい打ち負かした。それどころか水に濡れて服が透けていたので見てはいけない恰好まで見てしまったのだ。

「エルト君。後でちょっと話いいかしら？」

「ああ……わかった、いや……わかりました」

満面の笑みを浮かべるアリス様。何の因果でこうなったのだろうか？

「アリス様。エルトと話すのは私が先ですよ。やっと出会えたのに……もう離さないんだから」

アリシアはそう言うと俺の背中に手を回し強く抱きしめてきた。一応ここは玉座の間で、周囲には王族やら貴族がいるのだが、アリシアは気にしていない。

それどころか、周囲の人間も温かい目で俺たちを見ている気がするのだった。


「それでは、審議を再開したいと思います」

コホンと咳払いをすると、この国の宰相さんが場の進行を始めた。

先程の騒動は片付き、厳かな雰囲気が玉座の間に漂っている。

アリシアもアリス王女の隣に立っているのだが、先程のショックを引きずっているのか潤んだ視線を俺に向けている。

「冒険者エルト、宜しいかな？」

「ええ、問題ありません」

宰相の方を向くと俺は返事をする。アリシアには、あとで時間を取ることになっている。今は真偽をはっきりさせることに集中した方が良いだろう。

「それでは、質問にうつります。先日の調査で、迷いの森にアークデーモンが出現したことについてはすでに裏付けが取れております」

そこで宰相は改めて俺を見ると問いかけた。

「報告によると、アークデーモンを討伐したのはエルトとの証言があるが真実かな？」

「ええ、その通りです。アークデーモンは俺が倒しました」

問いに素直に答えると周囲がざわめく。誰もが信じられない様子で俺を見ているのだが……。

「…………し、真実です」

ヒューゴ司教が震えた声で真偽の判定をした。

「なんと……」

「救国の英雄の誕生か！」

「我が国はこれほどの逸材を見逃していたのか！」

俺は虚偽の判定が出なくてほっとする。真実のオーブがなければとても信じられないような話をしているからだ。

「静まれっ！」

ざわめく中、エリバン国王が口を開くとその場の全員が押し黙った。

国王は厳かな瞳で俺を見る。

「エルトにはアークデーモン討伐の功績として男爵位を授ける」

国王の一言に周囲がざわめく。だが、

「ちょ、ちょっとお待ちください。エルト君は我が国の国民ですよ？」

「どういうことですかな？」

アリス様の言葉に宰相は眼鏡を直すと確認をした。

「彼は今から一月前にある事件に巻き込まれて行方不明になっていた我が国の国民です。我々は占いにより彼がこの地にいると知り、こうして訪ねてきたのです」

「……こちらも真実です」

「そうすると……勝手に男爵位を授けるということは、いささか問題があるようだな？」

国王が残念そうな表情で俺を見た。

「まあ、俺としてもいきなり貴族になれと言われても困ります」

もともとは街で暮らしていただけの一般人だ。突然偉い立場にさせられても戸惑いしかない。

「時にアリス王女。彼が巻き込まれた事件についてお聞きしても宜しいですかな」

宰相の言葉にアリス様は頷く。

「皆様も知っているかと思いますが、我が国では年に一度邪神に生贄を捧げる儀式があります」

その言葉で周囲は苦い顔をする。

イルクーツだけではなく、邪神は各国から生贄を捧げさせていたのだ。

儀式の前になると各国の城に転移魔法陣が浮かび上がり、生贄を送り出さなければならない。

おそらく皆これまでの犠牲者のことを思い出したのだろう。

「今年の生贄には、そこにいるアリシアが選ばれていました」

「なるほど。だがアリシアさんは生きている。それはどういうことなのかな？」

宰相の問いにはアリシアが答えた。

「儀式の当日。私は生贄の祭壇に立ち魔法陣に向かいました。だけどその時にエルトが私の代わりに魔法陣に飛び込んだんです」

周囲の人間が一斉に俺をみる。

「彼は幼馴染みに代わって自分が生贄になることを選んだんです。我が国はそんな彼の犠牲に涙しました」

確かにあの時の心境としてはそうなのだが、こうして大げさに称えられると恥ずかしいものだ。

「いや……俺は別にそんな……」

自分よりもアリシアが生きていた方が価値があると思ったにすぎない。訂正しようとするのだが……。

「なんという美談！　自己を犠牲にしてまで大切な人を守る。これほど高潔な人間が存在するとは」

国王が感激の涙を流すと、周囲の空気もそれに倣えとばかりに変わってしまった。

皆から褒められて妙に居心地が悪い。

「その話が本当だとすると、彼は邪神の下へと送られたはずですな。どうやって無事に逃げ出してきたのか？」

「そうね、私もそれが知りたかったの」

「エルト。邪神の下に送られてからどうなったの？」

宰相とアリス様とアリシアが次々に聞いてくる。

俺はどうしようかと悩むのだが、神官さんがオーブに手をかざしているので嘘をついたところでバレてしまう。

「俺は逃げたわけじゃないです」

「「「というと？」」」

国王と宰相とアリシアとアリス様が聞いてきた。

「邪神を倒して帰ってきただけです」

「……し、真実……です」

沈黙が続く中、神官さんの声がその場に流れた。

「じゃ、邪神を倒した……？」

誰かが発した問いに俺は再び頷く。

「……ヒューゴ司教。やっぱり、その真実のオーブは壊れてやしないかね？」

宰相が冷や汗を流しつつ神官さんに声を掛ける。

「正直なところ、私も信じがたいのですが……できればどなたか嘘を言っていただきたいのですが？」

神官さんの無茶振りに皆が困った顔をする。

「そういうことなら私から一つ皆に問わせてもらおう」

国王が前に進み出ると皆を見わたす。

「私がコレクションしていた幻獣シリーズのワインを割った者がおる。ここにいる人間は『割っていない』と発言せよ」

その言葉にそこら中から『割っていません！』と聞こえてくる。どうやら嘘をついている人間はいないらしく、神官さんはまたも「真実です」と言った。

「わ、割っていません！」

ところが動揺を隠しきれない声が響き渡る。

「虚偽です！！！」

神官さんが目をかっと開き、指差した先には……。

「貴様が犯人かっ！」

「も、申し訳ありませんでしたっ！」

冷や汗を流す宰相がいた。

「貴様は減給じゃっ！」

「そ、そんな……はぁ」

国王の言葉に肩を落とす宰相。

「どうやら壊れてはいないようですね」

アリス様が苦い顔をしてそう答える。

「そうじゃな、これは逆に厄介なことになった」

「えっと、もしかして答えたらまずかったですかね？」

俺は確かに邪神討伐を果たしている。

この場で打ち明けたのは真実のオーブなくしては誰も信じてくれないと考えていたからだ。

邪神が滅んだことを知らないままだと各国は邪神の脅威に怯えたまま過ごさなければならないだろう。だからこそこうして皆に告げたのだが……。

「エルトとやら。実はじゃな、真実のオーブは神の判定なのだ」

「どういうことですか？」

国王の言葉の意味がわからず俺は問い返す。

「この真実のオーブは神殿の本部と繋がっております。すべての真偽は神殿へと共有されているのです。今この瞬間も」

「なるほど？」

神官さんの言うことがいまいちピンとこないので曖昧に頷く。

「つまりね、邪神討伐を成し遂げたという情報が今の時点で神殿総本山に記録されてしまったのよ」

それをいうなら宰相さんがワインを割ったことも記録されているのではないだろうか。

「おそらく今頃神殿は大騒ぎじゃろうな」

アリス様と国王は苦い顔をするとお互いを見ていた。

「まず間違いなく。そしてこの情報はすぐに民へと発信されることになりましょうな。何せ、忌まわしき邪神が滅びたのですから」

興奮した様子を見せる神官さん。周囲の人間も徐々にだが信じたのか喜びの表情を浮かべ始めた。

国王やアリス王女と目が合う。

「コホン。国王よ、一度ここらで休憩を入れてはいかがでしょうかな？」

「それは良い提案じゃな、宰相よ」

どうやらこれ以上この話を続けるのは不味いらしい。

「それじゃあ、一度解散して詳細は後日ということでいかがでしょう？」

アリス王女の言葉をきっかけに、その場は解散となるのだった。

「それでは。こちらの部屋でお寛ぎください。何か御用がありましたらそちらのベルでお呼びください」

「ああ、ありがとうございます」

俺たちにお辞儀をすると侍女が出ていく。

「それにしても随分広い部屋だな。俺がさっきまで泊まっていたのは兵舎だったんだよ。逆に落ち着かないな」

煌びやかなシャンデリアが吊り下がった高い天井には絵が彫られている。

ゆったりしたソファーと大理石のテーブル。暖炉の上には調度品の壺や絵に剣が飾られており、どこをみても高価な物で溢れている。

おそらくは国賓を招くための特別な部屋なのだろうと思う。

「アリシア？」

そんな慣れない場所に浮足だってしまい、アリシアに同意を求めるのだが……。

「……うん」

彼女はなぜか俯きながら返事をする。

「えーと……」

現在、俺とアリシアは二人きりで部屋にいる。それと言うのも、この国のお偉いさんたちが気を利かせてくれた結果だ。

だが、アリシアは先程からどうも反応が薄い。

今まで見たことがないアリシアの態度に俺は戸惑いを覚える。普段の彼女はもっとはっきりとした口調で俺に接してきたからだ。

ふと彼女の首筋を見ると、先程クズミゴの剣がかすったせいで傷ついている。彼女なら自分で治癒できるのだが、気付いていないのか放置していた。

「アリシア。ちょっといいか?」

「えっ?」

俺はアリシアに話し掛けると彼女のアゴに指をかける。

「え、エルト?」

そして、傷口が見えるように首の角度を傾けるとアリシアの潤んだ瞳が俺を見つめていた。

「少し我慢してくれよな」

久しぶりに見る幼馴染みの綺麗な顔に、俺は心臓が高鳴るのを感じると、

「【パーフェクトヒール】」

魔法を唱えて傷を塞いでやった。

「えっ? エルトが回復魔法を?」

怪我をしていた場所に指を這わせると、アリシアは驚いてみせた。

「これは俺が新しく手に入れた力なんだ」

どこから話すべきだろうか、俺が悩んでいると……。

「エルトォ」

アリシアの手が俺の頬へと触れた。今まで見たことのない愁いを帯びた表情に俺は動揺すると……。

「そ、そうだ、アリシア腹減ってないか？　色々あったからさ、ちょっと軽く果物でも食べないか？」

空気を変えようと俺は金の果実を取り出す。

この実はステータスが上昇することもそうなのだが、これまで食べてきた果実の中で一番美味しい。アリシアも果物は大好きなので、きっと気に入ってくれるだろう。

「ほら、アリシアも食べようぜ」

俺はストックから取り出した金の果実を渡す。

「えっ？　エルト？」

果物を受け取ったはいいが、彼女は不満そうな表情で俺を見ていた。やがて溜息を吐くと、

「エルト。もしかしてそのまま食べるつもりなの？」

「ああ、そのつもりだけど？」

「お行儀が悪いわよ。そっちも貸して！」

アリシアは果物ナイフを取り出すと皮を剝き始める。

「まったくエルトってば変わらないんだから」

不満を言いながらもどこか嬉しそうだ。その姿は俺が知っているアリシアと一致する。面倒見がよく、良く小言を言っていた。

「いや、だってかぶりついた方が美味しいし早いかと思ってさ」

そんなアリシアに俺は普段通りの態度で接する。

「そんなことないし。絶対に切り分けた方が食べやすいもん」

手際良く果物を切り分けると皿に載せる。

「はい、召し上がれ」

子供の頃から幾度となく、こうしてアリシアに果物を切ってもらったものだ。

「さすがアリシア。頂きます」

俺は手を合わせてそう言うと、果物に手を伸ばした。

「うん。確かに食べやすくて美味しい。ありがとうな」

「エルトが用意してくれた果物だけど、私も一つもらうね」

同じ皿から果物をとって食べる。その動作だけで懐かしさがこみあげてくる。

まるで夢でも見ているかのように頭がふわふわする。

再会できるとしてもまだ時間が掛かると思っていた。この世界でもっとも大切に思っているアリシアが目の前に座っているのだ。

「嘘っ!?　なにこれ!?　凄い美味しいじゃない！」

口に入れるなり大声で驚いている。

「ああ、これはな。迷いの森から戻ってくる途中で手に入れたステータスアップの実なんだよ」

「そ、それって……金持ちがこぞって買っては自分たちのステータスをアップさせるのに使っているって噂の？　そんな果実を私なんかが食べちゃっていいの？」

大きく目を見開いてまじまじと目の前の果実をみるアリシア。

「平気だよ。結構な量を確保してあるからな」

一人では食べきれない量だし、アリシアが喜んでくれるなら問題ない。俺は普段通りにアリシアに笑いかけて見せる。すると……。

アリシアが真っすぐに俺を見つめてくる。その瞳が潤んでいて涙を堪えているのがわかった。

アリシアは果物を皿に戻すと立ち上がり俺の隣へと座る。そして頬をペタペタと触り始める。

「アリシア、くすぐったいんだが」

俺が抗議をするとアリシアは頭をトンと俺の胸に預ける。

「……エルトのバカ」

「酷くないか？　せっかく久しぶりに再会できたっていうのに」

「酷くないわよ。エルトは知らないから……私がどれだけ泣いたか」

「あ、アリシア？」

「私、エルトが生贄の魔法陣に飛び乗った時眩暈がしたの。自分が死ぬのは怖かったけど覚悟はできていた。だって、私が死ぬことで皆が助かるのならそれは納得できる話だもん。だけど、私の代わりにエルトが邪神の生贄になって、エルトがいない人生をこれから独りで生きていかなければならないと考えたら涙が止まらなくなった」

アリシアが肩を震わせて泣いている。俺はその様を見てどれだけアリシアが苦しんだのかを理解した。

「ごめんなアリシア」

俺はそんなアリシアを抱きしめると、

「だけど、もし過去にさかのぼって同じような状況になったら。俺は迷わずアリシアの身代わりになることを選ぶよ」

「どうしてっ！　私、エルトがいないと寂しいのっ！　そんな思いをするぐらいなら自分が死んだ方が良かった！　どうしてエルトはわかってくれないのっ！」

アリシアが顔を上げる。至近距離から見るアリシアは目から涙を零して泣いている。

俺は不謹慎にもそんなアリシアを綺麗だと思った。

「俺が生き延びるより、アリシアが生き延びた方が周りの連中は喜ぶ。俺はそう思ったから身代わりになった」

「私はそんなの望んでいないっ！　私にとっては世界のすべての人よりもエルトの方が大事なんだからっ！」

興奮したアリシアがはっきりとそう言った。

「どうしてそこまで俺を？」

俺にとってアリシアは特別な存在だった。両親を失い他人を拒絶し塞ぎこんでいた俺に根気よく話し掛けてくれた。そのお蔭で立ち直ることができたので俺にとっては恩人なのだ。だから命をかけるのは当然なのだが。

「こ、ここまで言ってもわからないの？」

アリシアは俺を睨みつける。そして頬を赤くすると、

「だったら、絶対誤解しないようにしてあげる！」

目の前にアリシアの顔が迫る。

「んっ。んぅ……」

唇に感じる柔らかい感触。仄かにする甘い味は先程食べた果物の味だろう。目の前に映るのは目を閉じているアリシアの顔。どうやら俺はアリシアにキスをされているようだ。

「ん……ふぅ……」

数秒だったか数分だったか時間の感覚がなくなっていた。

アリシアの顔が離れると彼女は唇を指でなぞる。そして浮いた顔を引き締めて俺を睨むと、

「これでわかったでしょ！」

顔を真っ赤にすると言った。

「私はエルトのことが好きなんだからっ！」

アリシアの突然の告白に俺は頭が真っ白になる。

目の前の彼女は火でも付いたかのように顔を熱くし、恥ずかしそうにしている。

「えっと、本当なのか？」

「疑うならもう一度キスするわよ」

思考が追い付かない俺の問いかけにアリシアはむっとする。

「違うわね、私がしたいからもう一回する」

アリシアはそう言うとゆっくりと動くと俺に身体を寄せてきた。

「アリシ……ァ」

再び唇を塞がれてしまい、声が出せなくなる。

「ん、んっ、んぅ」

俺の後頭部に手を伸ばし逃がさないように掴むと夢中でキスをしてきた。

アリシアの瞳はトロンと蕩けており、まるで誘惑しているかのような雰囲気を漂わせている。

しっとりとした唇がこすりつけられ、探るように伸びてきた舌が俺の唇をくすぐる。これ以上はまずいと思い唇を結んでいるのだが、アリシアは強情で何度も舌を伸ばしては俺の口を開かせようとしてくる。

「んっ」

くすぐったさに耐えきれなかった俺はついに口を開く。すると、その隙を見逃すことなくアリシアは舌を侵入させてきた。

俺の口の中でアリシアの舌が動く。何とか触れないようにと引っ込めるのだが、体勢的に無理があり、舌の先端がアリシアの舌に触れた。

ざらりとした感触と、熱い吐息が口に流れ込む。

息継ぎの合間に途切れるように聞こえるアリシアの嬌声。密着するように身体を押し付けるせいで、アリシアの胸がつぶれ、柔らかくも温かいそれと、一部の硬い部分が俺の胸に触れた。

「ん、んぅ、ん、んっ」

夢中になっているのか息継ぎを忘れたのか徐々に苦しくなってきた。俺はアリシアに離れてもらおうと身体を押そうとするのだが……。

「ぁんっ！」

伝わってきたのは極上の感触だった。押せば沈み込み、俺の右手を包み込む。俺は焦りを浮かべるとその手を離そうと動かすのだが……。

「やっ、え、エルト、だ、だめ……だから、あ」

アリシアの艶やかな声が耳を通り、頭部を痺れが走る。

目の前のアリシアの瞳は潤んでおり、唇は艶めかしく光っている。

はだけた服からは白い肌が見えていて汗でしっとりと湿っている。頬が上気しており、これまで見たことがないアリシアの艶姿に俺の思考が停止しそうになる。

俺はゴクリと喉をならし、アリシアから目を離せないでいると、

『御主人様！　良くない気配がするのです‼』

マリーの警告が聞こえるのだった。

★

「うう……。なぜ俺がこんな目に遭わなければならないのだ……」

かび臭い地下室は日があたることがなく時間の感覚がなくなってくる。

「だいたいアークデーモン相手だぞ。誰だって逃げるだろうが」

先程の審議でクズミゴは死刑が確定し、独房へと転がされていた。

『……………ニクイカ？』

クズミゴの心のうちから声が聞こえる。アークデーモンの瘴気に触れたことでクズミゴの中にある邪悪な心が活性化し始めたのだ。

「憎い……悪意ある報告をしたあの若造め……」

クズミゴは目をギラつかせると憎しみを瞳に宿らせている。

『コノママデヨイノカ？』

うちなる邪悪な心が囁きかける。まるでクズミゴを誘導するように。

「奴だけは絶対に許さない。たとえ俺がどうなろうとも……」

「うるせえぞっ！　このゴミクズっ！」

見張りの兵士が格子を蹴る。

『ナラバフクシュウセヨ』

「エルト。あいつだけは殺してやる」

その言葉をきっかけに、クズミゴに変化が起こる。

クズミゴの全身に黒いオーラが漂い始める。

「お、おいっ！　どうしたっ！」

「なんだこいつっ！」

「と、とにかく上に報告を……ぐあああああっ！」

騎士が吹き飛ばされ、壁に激突する。

「ふふふ、なぜかわからぬが力が湧いてくるぞ」

クズミゴの身体が大きく、そして黒く変わり始める。

「この力さえあれば……憎きエルトを……」

牢屋の鉄格子が不可視の力により曲げられ、異形と化したクズミゴは牢屋から脱出すると、

「すべて破壊してくれる……」

目を赤く輝かせると歩きまわるのだった。

「エルト遅いなぁ」

審議に参加しなかったセレナは暇を持て余すと城の見張り場で寛いでいた。

「戻ってきたらいよいよ他国に移動するのかな。エルトと一緒ならどこに行っても楽しいよね」

縁にアゴを乗せると想い人との旅を想像して頬を緩ませる。その場にいる見張りの兵士はそんなセレナの柔らかい表情に見惚れているのだが……。

「えっ？　あれはなに？」

地下室の入り口からなにやら禍々しい黒いオーラが上がっていた。

「もしかして火事かなにかか？」

兵士も気付くと目を凝らす。

「とにかく行ってみるわよっ！」

火事なら救助しなければ。セレナたちは現場へと向かうのだった。

「ひっ、ひぃ！　ば、化け物っ！」

セレナが到着すると、辺りはすでに大騒ぎになっていた。

「くはははは。どいつもこいつも情けない」

異形と化したクズミゴは兵士を掴むと握りしめた。

「ぐああああああああああああああああああああ」

絶叫が響き渡る。

「このっ！　放しなさいっ！」

セレナは身軽な動作で突っ込むと、地面に転がっていた短剣をクズミゴの腕に突き刺した。

「あうっ！」

クズミゴの腕から力が抜け、兵士が地面に落ちる。

「はやくっ！　回収して頂戴っ！」

セレナの指示により、負傷した兵士を他の兵士が抱えて離脱した。

「まったく。城の真ん中でデーモンに遭うなんてね」

冷や汗が落ちる。セレナとて迷いの森で育ったため、強力なモンスターと遭遇することはそこそこ慣れている。だが、目の前の異形はそれらと比べても強力な力を持っていた。

「おまえは……セレナか？」

「何よあんた。どうして私の名前を知っているわけ？」

このような異形と知り合いになった覚えはない。セレナは名前を呼ばれて不快を隠そうともしなかった。

「ふふふ、ちょうどいい。エルトをやるまえにまずはおまえをグチャグチャにしてやろう」

赤い瞳が輝く。

「お生憎様。あんたにやられてあげるほど弱くはないわ」

そういうとセレナは精霊を呼び出すのだった。


「それじゃあ、今後のエルト君の対応は今話した通りに」

アリスはそうまとめるとエリバン国王との密談を終えた。

邪神討伐を成し遂げた以上、エルトは世界的重要人物になってしまった。

今後、世界は彼に注目することになるので、その事前の取り決めをしていたのだ。

「このことを公表するまで彼の待遇は保留でお願いします。幸い、彼の幼馴染みがいるので滞在中は問題ないかと」

今は周囲を騒がせて悪戯に刺激しない方が本人のためにも良いだろう。アリスがそう判断をしていると、

「たっ、大変ですっ！」

「何事だ⁉」

慌てた騎士がドアを開けて入ってきた。

「城の中庭にデーモンが現れましたっ！」

「なんだとっ⁉」

「はぁはぁはぁ……当たらないわよっ！」

息を切らせたセレナはクズミゴを険しい目で睨みつけていた。

「ふふふ、その程度の攻撃は効かぬぞ」

あれからクズミゴを単身食い止めていたセレナだったが、いくら攻撃を当ててもクズミゴはひるむ様子を見せなかった。

それどころか、だんだんと身体が大きくなり強さが増していく。

「アークデーモンを倒したというから期待したが、やはりまぐれだったようだな」

蔑むような声にセレナは怒りを覚えると、

「いつまでも貴様に構っているわけにはいかぬ。終わらせてやるっ！」

「なっ！」

これまでクズミゴはゆっくりとした動きをしていた。だが、身体の動かし方に慣れてきたのか、突如速度を上げると突進してきた。

「きゃあっ！」

どうにか直撃を避けたセレナだったが、黒いオーラを纏ったクズミゴに吹き飛ばされると地面を転がった。

「デーモンが出たって！」

そこに現れたのは騎士から報告を受けたアリスだった。周囲にはエリバン王国の騎士たちも揃って剣を構えている。

「ぐふふふふ、王国の騎士たちが雁首揃えてお出迎えか。ちょうどいい、貴様らが逃げ出さないか試験してやる」

「なんだとっ！　我ら騎士を愚弄するかっ！」

クズミゴの挑発に騎士たちは剣を抜く。

「皆気を付けて！　そのデーモン強いわよっ！」

セレナが警告をする。

「俺が強いんじゃない。お前らが弱いんだ。それなのに、お前らは俺を死刑にすると言い渡した。雑魚のくせに俺をどうにかできると思ったか！」

怒りをたぎらせたその姿に、

「もしかして、お前クズミゴなのか？」

騎士の一人が気付いた。

「まさか……デーモン化したというの？」

「なんなのそれ？」

アリスの言葉をセレナは聞き返した。

「デーモンの瘴気に触れた人間は、まれにデーモンへと変化することがあると言われているの。

その人間が持つ魂が邪悪であればあるほど強力なデーモンになるという話よ」

「するとあれは……」

セレナは嫌な推測を立てた。自分の名前を知っていて、瘴気を浴びる機会があって、そしてエルトを恨んでいる。

「いかにも。俺はクズミゴだっ！」

その宣言に全員が息を飲むのだった。


「死ね！　すべて破壊してくれる！」

クズミゴが暴れはじめてからしばらく、アリスやエリバンの騎士。それにセレナはクズミゴを食い止めていた。

「エルフさん。もっと強い精霊魔法を使えないかしら？」

「駄目よっ！　これが限界なのっ！」

だが、クズミゴの攻撃に防戦一方となっている。

「そっちこそ、剣でダメージを与えられないわけ？」

セレナはアリスに質問するのだが。

「駄目よ。デーモンは上位の存在になるほど魔力で身体を構成しているの。魔力に対して効果を発揮するのは魔法や魔法を纏った武器になるわ。私のプリンセスブレードなら傷つけられるだろうけど、今は手元にないの」

審議をするだけだったため、強力な武器は部屋に置いてきている。今から取りに行こうにも、前線を離れたら被害が拡大してしまうため動けない。

「ククク、愚かな。お前らでは相手にならぬ。エルトを出せえええええええぇ」

クズミゴは目の前の騎士を掴むと放り投げた。

「くそっ！　化け物め！」

クズミゴはエルトに対する憎悪を力に変え、どんどん強力になっていく。

「こ、このままじゃ全滅する」

最初はハイデーモン程度の力量だったのだが、ここにきてグレーターデーモン並みまで力をつけている。このまま放っておけば国に莫大な被害をもたらすだろう。

「ゴアアアアアアアーーーーー‼」

クズミゴが吠える。開いた口に瘴気のようなものが集まる。

「まずいっ！　ウインドシールドっ！」

「マジックシールド‼」

お互いに危険を察知したセレナとアリスは魔力による防護壁を重ね掛けする。

「オオオオオオオオオッ‼」

クズミゴの口からブレスが解き放たれると、

「くっ！　重すぎるっ！」

「これがデーモンの力なのっ？」

二人は全力で堪える。ここを突破させると被害が拡大するからだ。

「だ、だめっ！　もうもたないわ」

力を増し続けるクズミゴとは違い、セレナの魔力に限界がきてしまった。

セレナの張った防護壁が音を立てて崩れる。

「ま、まだよっ！」

息を切らしながらアリスが何とか時間を稼ぐのだが、
あと数秒後には防護壁が破られるだろう。セレナは目を瞑ると……。

「もうだめ」

「助けてっ！　エルトっ！」

次の瞬間。空から降ってきた剣がクズミゴの肩に突き刺さった。


「騒ぎを聞いてきてみれば、凄いことになっているな」

「エルト君なの？」

空から颯爽と現れたエルトをみたアリスはほっと息を吐く。

「お待たせ、間に合ったようで良かった」

現れたエルトは周囲を見渡し、命を落とした人間がいないのを確認してほっとする。

「セレナ。良く粘ってくれたな」

そう言って労うと……。

「遅いわよ。もうっ！」

セレナは安心したのか、その場でしりもちをついた。

「ちょっと、まだ気を抜くには早いわよ」

エルトが現れたとはいえ目の前のクズミゴは健在だ。アリスはセレナに注意をする。

「あとは任せていいわよね」

セレナは安心しきった声でエルトに微笑むと、

「ああ、あとは俺がやる」

エルトは力強く頷くのだった。


「アアアアアアア！！！　エルトエルトエルトエルトエルトエルトエルトォォォォーーーーー！！！」

目の前で絶叫を上げるデーモンにエルトは眉根を寄せて不快感をあらわした。

「なんだこいつは？」

「エルト君。そいつはクズミゴよっ！」

アリスがデーモンの正体をエルトに伝えると……。

『デーモン化の呪いなのです。デーモンの瘴気を受けた人間は、邪悪な存在であればあるほど強力なデーモンに変化するのです』

「なるほどな」

マリーの説明にエルトは納得すると、

『クズミゴは御主人様への憎悪を増幅させることでどんどん力をつけているのです。邪悪さが凄いのですよ。まさにエリートなのです』

「できればそんなエリートとは関わりたくなかったがな」

調査中の態度からして嫌悪の対象ではあったが、死刑を言い渡されてからもこうして迷惑を掛けてくるとは思っていなかった。

「アアアアアアエルトエルトエルトエルトォォォ！　コロシテヤルゥゥゥ‼」

突然襲い掛かってくるクズミゴに、

「ちょっと借りますよ」

エルトは騎士が持っていた剣を借りると素早い動きでそれを振った。

剣は目にもとまらぬ速度でクズミゴの本体を何度となく斬り裂く。

「それじゃあ駄目よっ！」

だが、斬られたクズミゴは怪我をするどころか傷の一つも負っていなかった。

『デーモンは魔力によって身体が構成されているのです。魔法剣でなければ傷つけられないのですよ。それこそ、御主人様の神剣とかでないと』

マリーの補足にエルトは得心を得る。

だが、ボルムンクは現在クズミゴの身体に突き立っていて回収できない。

「フハハハハハ、キカヌキカヌゾ。コノママクニヲハカイシテヤルゾエルトオオオオオ」

己の勝利を確信するクズミゴに、

「とりあえず、悪いけどこれ以上被害は出したくないから滅んでくれ」

「「「「はっ？」」」」

次の瞬間。エルトが放ったイビルビームによって腹に穴を開けたクズミゴは……。

「バカナ……コレデオワリ？」

そのまま倒れると完全に沈黙するのだった。

エピローグ

「結局、エルト君一人いれば何とかなっちゃったのね」

　クズミゴを倒し終えると、身体が回復したのかアリスが俺に近寄ってきた。

「まあ一応邪神を倒しているので」

　クズミゴがパワーアップしようが、それよりも上位の存在を滅ぼしている。俺にしてみれば倒せるから倒しただけという感想なのだが……。

「君って本当に無茶苦茶よね。私の剣技を上回ったり、グレーターデーモンクラスを一撃で倒して見せたり」

　強敵を倒したという実感がなく、なんて答えようか悩んでいると、

「エルトっ！　無事だった！」

　アリシアが遅れて到着すると俺の身体を見回した。

「俺なら問題ないぞ」

「急に飛び出していくから心配したんだからねっ！」

　目に涙を溜めながら抱き着いてくるアリシア。

「悪いんだけど治癒魔法をお願い」

身体を引きずって近寄ってくると、アリスはアリシアに声を掛けた。

「アリス様！　急いで治癒しますね」

アリシアは慌てると治癒を始めた。俺がその様子を見ていると、

「とりあえず一件落着かな？」

セレナが近寄ってくると俺の隣へと立った。

「確かにそうだな」

邪神を討伐し、アークデーモンを倒し、アリシアと再会して、クズミゴデーモンを倒した。

短い時間で色々あった気がするが、誰一人欠けることなくこうして一緒にいる。

これ以上は望むことがないぐらい幸せな時間だろう。

「これからどうするかはゆっくり考えないとな」

セレナの気持ちにアリシアの気持ち。自分を取り巻く環境の変化。

邪神を滅ぼしたあとも生きている限りは、未来について考えなければいけない。

『御主人様の一番はマリーなのです』

ふとマリーが姿を現すと左手を握っている。

「あっ、ずるいっ！」

それをみたセレナも対抗するように右手を握ってきた。

間に挟んで言い争いをする二人を見ながら俺はポツリと呟く。

「平凡な人生を生きてきたつもりだったんだがな」

生贄がきっかけで変化した自分の生活に溜息を吐くのだった。

本書に対するご意見、ご感想をお寄せください。

あて先

〒162-8540 東京都新宿区東五軒町3-28
双葉社　モンスター文庫編集部
「まるせい先生」係／「チワワ丸先生」係
もしくは monster@futabasha.co.jp まで

生贄になった俺が、なぜか邪神を滅ぼしてしまった件①

2021年7月3日　第1刷発行

著者　まるせい
発行者　島野浩二
発行所　株式会社双葉社
〒162-8540
東京都新宿区東五軒町3-28
電話　03-5261-4818(営業)
　　　03-5261-4851(編集)
http://www.futabasha.co.jp
(双葉社の書籍・コミック・ムックが買えます)
印刷・製本所　三晃印刷株式会社
フォーマットデザイン　ムシカゴグラフィクス

落丁・乱丁の場合は送料双葉社負担でお取り替えいたします。「製作部」あてにお送りください。

ただし、古書店で購入したものについてはお取り替えできません。

[電話]03-5261-4822(製作部)

定価はカバーに表示してあります。

ISBN978-4-575-75292-2　C0193
Printed in Japan

Mま02-01

ンスター文庫

author ぺもぺもさん
illust マシマサキ

1

初級魔術
マジックアローを極限まで鍛えたら

初級魔術マジックアロー。多くの魔術師が最初に覚える魔術。貴族の長男として生まれたアルベルト・リュミナスは優秀な弟と比較される苦しい日々を送っていたが、幼いながらもマジックアローを使うことができた。自身の才能を信じて魔術学院に進むも、それ以外の魔術を何も習得できなかった。失望した両親に見捨てられたアルベルトだが、諦めずにマジックアローを磨き続ける。それから十年。学院の入試を受けようとする白髪の少女ローラと出会い、止まっていたアルベルトの運命が動き始める——!使える魔術の数こそが実力とみなされる世界で常識はずれのマジックアローだけで成り上がっていく英雄の物語。ここに開幕!

モンスター文庫

発行・株式会社　双葉社

進化の実
1
知らないうちに
勝ち組人生
Miku
美紅
Umiko
U35
illustrator
ある日、柊誠一の通っている高校が学校ごと異世界に転移した。デブ&ブサイクの誠一はクラスメイトに仲間はずれにされ、一人森をさまよう。クレバーモンキーが持っていた〝進化の実〟を食べて飢えをしのぐが、ステータスで《運》がゼロの誠一は、カイザーコングのサリアに襲われる。しかし……『私、初メテ。ダカラ、優シクシテネ？』なぜか、サリアに求婚されたァあぁぁ!? 一途なサリアに〝ゴリラもありかな〟なんて思っていた矢先、2人は悲劇に見舞われる。しかし〝進化の実〟を食べていた2人には、信じられない奇跡が!?——『小説家になろう』発、大人気アニマルファンタジー！
モンスター文庫

発行・株式会社　双葉社